ジュリエット通り

作　岩松　了

●目次

●登場人物

田崎太一　安田章大
スイレン　大政絢
菅野登志子　渡辺真起子
ダリヤ　池津祥子
サクラ　東風万智子
キキ　趣里
モリオカ　裵ジョンミョン
トモ　大鶴佐助
カンナ　井元まほ
ナデシコ　荒井萌
菅野一彦　石住昭彦
ウエダ　石田登星
ボタン　烏丸せつこ
田崎スズ　高岡早紀
田崎昭一郎　風間杜夫

ジュリエット通り

作　岩松　了

プロローグ

舞台上には、まだ何もない。

歩いてくる一人の男（田崎昭一郎）。

立ち止まり、あたりを見まわす。

バイオリンケースを持った女子高生らしき若い女（キキ）が、制服姿であらわれる。キキは立ち止まり、バイオリンケースを下に置き、しばし立ち尽くす。

田崎には気づいていない。

田崎――（キキを見て）……。

逆の方に一人の女が立っていた。

田崎の妻、スズだ。

田崎――（スズを見て）……。
スズ――そろそろお帰りの頃かと思って。出てみたんですよ。
田崎――出た？　どこから？
スズ――家ですよ。驚くことないでしょう？
田崎――……。
スズ――ちょっと可愛いんじゃないかと思ったんですよ。夫の帰りを外に出て待つ妻。思ったら無性にそんな女になりたくなって……。ね。どこから見ても奥様でしょう。誰かの。
田崎――……。
スズ――……笑ったの？
田崎――笑やしないよ。
スズ――そう？

キキは、いったんひっこんだ。

田崎――（来た方を振りかえるようにしてから）さっき、道の真ん中で、かがみこんでいる男の子を見た……何か這っている虫を棒でつっついて遊んでいたんだ……一台のジープが通りかかった……乗っていた軍服を着た男たちが「何をしてるんだ」と聞くから、そのかがみこんでいる男の子を指さして説明しようとしたら、もうその男の子がいないんだ……。
スズ――軍服……何をしているんですか、あの連中は……。
田崎――うん……。
スズ――いろんな職業の人がいるらしいですよ。
田崎――らしいな……。
スズ――で？
田崎――しょうがない、私は「虫が」って言って地面を指さした……意味がなさすぎたんだろう。道の真ん中にいた私に向かって、そいつらは「どけ」と言って銃を向けた。
スズ――まあ……！　銃って、本物？
田崎――確かめようがないだろう。どいたよ私は。
スズ――やあねえ……私を誰だと思ってる！って言ってやればよかったのに！
田崎――誰なんだ、私は。
スズ――地主ですよ、この一帯の。
田崎――……。
スズ――どうだったんですか、株主総会は。
田崎――うん。私が顔を出すほどのことでもなかった……。

二人、言葉途切れて……。

田崎――何だって？　可愛いんじゃないかと思って？
スズ――そうですよ。可愛いと思ってくださいます？
田崎――……。
スズ――おや？
田崎――今さら何を……。
スズ――……。
田崎――出来た男なら「可愛い」と言ってすますんだろうが、あいにく私は自分に嘘がつけないんだ……。
スズ――嘘をついて欲しいなんて言ってませんよ。何ですか、出来た男って。
田崎――私からみれば出来た男さ、女に合わせてスイスイ泳ぐ……。
スズ――どの口がそんなこと……！
田崎――どの口？　この口さ。
スズ――鉄砲で撃たれりゃよかったのに！
田崎――ハハハ……怒るとかわいいとでも言ったか、私は……言ったかもしれんな……でも、もう忘れてもいい頃だぞ、そういうことは。

いつしか再登場していたキキがバイオリンを弾き出す。
田崎もスズも、そのキキを見た。
舞台上にセットがあらわれる。
上手に《枯淡館》の入口。
下手に《田崎家》の入口。
両者にはさまれた通り、それがすなわち《ジュリエット通り》。

1

田崎――あれか、太一のことを思ってってってのは。
スズ――ええ……。
田崎――かわった子だな……。
スズ――普通の子ですよ。知ってるでしょ、ボタンの娘だってのは。
田崎――ああ……。
スズ――あなたが太一くんを家庭教師に紹介したんですものね。
田崎――もうやめたって聞いたぞ。
スズ――やめたはやめたでも、きっかけはあなたですよ。
田崎――オレの責任か。
スズ――責任のことなぞ、言ってませんよ。

《枯淡館》から、女将の登志子が出てくる。

登志子――(二人を見て)あら……仲のいいこと!　玄関先で!

スズ――(両手を広げて、首をすくめる)
登志子――(ので) 田崎さん!
田崎――私が何?
登志子――ハハハ。
田崎――ハハハじゃないだろ。
登志子――ま、そうですね。
田崎――何だよ、この人は……!
登志子――(キキを見て) 小さめにね、音!

むしろ、大きくなるバイオリンの音。

登志子――何? 何が言いたいの? お母さんに言いつけるわよ! (ひとりごとのように)「あらそう」で終わりだろうけど……。
田崎――どこに行くの?
登志子――どこって、この先の人生?
田崎――今だよ。
登志子――あ、今。今はちょっと……警察の方へ。(鼻をクンクンさせて) ホラ、ここまで! におうでしょ、消毒液のにおい！

スズ――もう慣れたわ。

登志子――自治会にも出てこないのよ。直接話聞こうと思ってるのに。

スズ――表札も出てないでしょ、あの家。

登志子――オオサワとかオオサコとか、そんな苗字だったと思うわ。時々、ポンポンポンて太鼓の音が聞こえてる……。（キキの方を見る。自発的に小さな音にしているので）聞いてるのよ。ああやって、私たちの話を。

スズ――（もキキを見る）……。

田崎――ご主人は？　いるの？

登志子――田崎さん、助ッ人、お願いしますよ。ダリヤがまたこれで……（と錯乱している感じを）うまいこと言ってやって下さいよ。うちの人の言うことなんか聞きゃしない。

田崎――ダリヤが？

登志子――ええ、サクラが自分の客とったって。もう、こんなまゆげして！

田崎――あ、そう……。

登志子――お客ってホラ、ウエダさんですよ。国防諮問委員会の。（スズの着ているものを）相変わらず趣味がいいわね。素人にしておくの、もったいない！　なんてね、フフフ。

スズ――……。

田崎――しょうがない、ちょっと顔出してくるよ。
登志子――（手を合わせて）恩に着ます。

田崎《枯淡館》に入ってゆく。

スズ――しょうがないって……！
登志子――田崎さん、こっちに越してらっしゃったから、妙に便利になっちゃって。ハハハ。
スズ――でなくったって、入りびたるのよ。
登志子――変わった？　結婚して。
スズ――最初っからああいう人だったんでしょ。見抜けなかった私がバカだったたって話。
登志子――そういうもんよ、男なんてものは。
スズ――男……私は夫としての話をしてんのよ。
登志子――そっか、そっか……夫ね……そりゃ他人の口はさむ問題じゃないわね……。
スズ――そういえば、来月、ヤエシマさんのクルーザーで宴会って話、いきてるでしょ？
登志子――いきてるわよ。
スズ――うちの人、行くって？
登志子――ああ……いえ、なんか別荘に行く予定があるからって。確かそんなことを。あらやだ、もうこんな時間、閉まっちゃう！　じゃあごめんください。

通りの向こうから若い男（トモ）が来ていたのでキキもバイオリンをやめていた。すれちがったトモと登志子。

トモ――（スズに軽く頭を下げる）

スズ――ひとり？

トモ――（うなずく）

スズ――（家に引っこもうとする）

トモ――あ、太一は今……。（と通りの向こうを示す）

スズは家の中へ。

トモ――（枯淡館を指して、スズのことを）ここの女だったんだってな。

キキ――……。

トモ――太一のおやじさんが身請けしたんだってさ。

キキ――（それに反応せず）話してくれた？

トモ――何を？
キキ――何をじゃないわよ。ただでキスさせたんじゃないからね。
トモ――あんなの、キスじゃねえだろ。
キキ――あんなの！
トモ――オレは、もっと、ねっとりしたやつがしたいんだよ！
キキ――話してくれたのかって聞いてるの！
トモ――なあキキ。太一のことはあきらめた方がいいぜ。
キキ――話してないのね。
トモ――ねっとりじゃなかったしな……。
キキ――なんてあきんど！
トモ――あきんどはどっちだよ！
キキ――あ、ちょっと待って！

携帯がなったので、期待をこめてそれを見るが、

キキ――ちがう！（出て）何？　宿題？　やったわよ。大丈夫よ。だってお腹すかないもん！
切るからね！（切って）……あんた、私に電話したら、ちゃんと留守電入れてね。気味

悪いから。

トモ――……フフフ……。

キキ――ホラ、そういう感じ！

トモ――(枯淡館の方を見て) 娘が心配ってか……。(母親の真似をして) 宿題はやったの？ ちゃんとごはんは食べた？ (切られて) ま！ あの子ったら！ ハハハ。

キキ――バカみたい。

トモ――おまえのおふくろさんが？ だって今の、おふくろさんだぜ、おまえの。

キキ――バカはあんた！

トモ――この子は母親に向かって何てことを！ 私だってね、好きで男に体売ってんじゃないのよ！ ハハハ。あ、この子はまたそんな目で！ こら！ こら、こら！

そう言って抱きすくめようとするトモ。

キキ――(離れて) 何すんのよ！

トモ――フフフ……。

キキ――(携帯示して) 留守電入れて！

トモ――言葉で損したくねえもん！

ここに通りの向こうから自転車に乗って太一が来る。どこで手に入れたのか、ガナリマイクで、こうしゃべりながら——。

太一——帰ってまいりました！　田崎太一が帰ってまいりました！　ジュリエット通りの皆様、御機嫌うるわしゅうあらせられますでしょうか。太一は、御機嫌ななめでございます。なぜ！　どうして！　道にしゃがみこんで聞きました。行列をなす蟻さんたちに！「太一は、なぜ御機嫌ななめなのですか？」しかし行列をなす蟻さんたちは、なんにもこたえず、ただひたすら、右から左へ、左から右へ、せっせせっせと行き来するばかり！　太一はその蟻さんたちに「お疲れさん」の一言も言えず、気づけば「おんどれら、踏み潰すぞコラ！」と悪態の限りをつくしていたのでございます！　いけません！　こんなことではいけません！　太一、反省です！　深々と反省です。おやおや？　そこにいるのは私の知るトモ！　あらま、女人《にょにん》も連れ添うて！

トモ——どうしたんだよ、そんなもん。

太一——おう。いきなりくだけなすった……！　これ（自転車）？　こっち（拡声器）？

トモ——どっちもだよ。

太一——オレもわかんねえんだよ。これ（拡声器）は、ジープのおっさんたちが休んでたから、ちょっと手を伸ばして拝借したんだけど。こっちが（自転車）……これ、オレのじゃないだろ？

トモ――ジープのおっさんたち？　そりゃまずいよ。何されるかわかんねえぞ。見つかったら。
太一――トモ、返してきてくれよ。
トモ――え、オレがかよ。
キキ――返してきなよ。
トモ――あ？
太一――あ、待て。あとでいいや。（キキに）どうしたの、世の不幸を一身に背負ったような顔して。
キキ――……。
太一――（トモに）ん？
トモ――……。
太一――なあに！　二人して！

太一、自宅（田崎家）の方を見て。

太一――さてさて。帰るべきか帰らざるべきか。
トモ――モリオカさん乗ってなかった？　そのジープ。
太一――モリオカ？

トモ――酒屋の、息子さん。
太一――ああ、わかんない。
トモ――あの人、今、フランス語一生懸命勉強してるってさ。フランス語出来ないとダメだからって。
太一――ちゃんと見てないからわかんねえって。
トモ――いたと思うぜ。あの人、酒屋継ぐ気ないみたいだし。（と言いながら自転車を動かすので）
太一――あとでいいって！

トモ、自転車乗りまわす。

トモ――いい女だよな……（誰のことかと思ってる二人に）太一のママさんだよ！　オレ、ドキドキすんだよ、目が合うだけで。
太一――何言ってんの、こいつ。
トモ――太一なんて、何でもアリだろ。母親ったって、血はつながってねえわけだし。旦那は、こっち（枯淡館）入りびたってるし……な、息子。
キキ――そんなことするわけないでしょ、太一くんが。
トモ――そんなことって？　え？　そんなことって？

キキ――気持ち悪い！

トモ――ハハハ、返してきまーす！

自転車に乗って、そのまま去るトモ。

太一――あれ、あいつ、これ――。（拡声器を）

キキ――（太一の拡声器に手を伸ばす）

太一――何？

キキ――私、返してあげる。

太一――いいよ！

キキ――……。何度もメールしたの。見てくれてる？

太一――……。

キキ――私、自分に言い聞かせてたのよ。きっと返信出来ない事情があるんだって。私はホラ、高校生だし……或る種の倫理観てものを強いてしまうってこともあるでしょ。未成年相手ってことで……。

太一――何言ってんの、おまえ。え？　倫理観!?　バカじゃねえの？　倫理なんてものを言えるガラかよ！　おまえ、母親は、娼婦だぞ！

キキ――……。

太一――何だよ、違うのかよ。

キキ――……違わないわよ……でもそれは太一くんのママだって同じでしょ。

太一――（キキを見る）

キキ――わかってるわよ。後妻だものね。あの人は。ホントのお母さんは、そう、娼婦なんかじゃない。それが言いたいんでしょ？　でもじゃあ、太一くんのお父さんは、なぜそちらのお母さんとは別れて、こっちのお母さんとくっついたのかしら？　あのスズさんと。

太一――そんなこと知るかよ。

キキ――聞いてみたくはない？

太一――ないね。

キキ――へえ……。

太一――おまえさ、何が言いたいの⁉

キキ――言っていい？　世の中には偶然てものと必然てものがあると人は言う。でも私はそんなこと信じない。すべては必然よ。私があなたと出会ったこと、これは必然。私はあなたの前にいる時、自分の成長を感じるわ。私が太一くんのことを、こうやって時々、あなたと呼びたくなる。これも必然。

太一――ちょい待ち。偶然だろうが必然だろうがそんなことはどうでもいい。ただ、人には出来れば、あの時に戻りたいってことが往々にしてある。オレは、おまえの家庭教師を引き受ける前の時間に戻りたい！

キキ――でもきっと別の形で出会うでしょうね。

太一――（驚いたように）えー、そうなの？

キキ――（太一に近づく）

太一――（ので）何？

キキ――（拡声器を）返してきてあげるから。

スズがでてくる。

スズ――……。

太一――（スズを見て）ただいまです。

スズ――声が聞こえたから。

太一――しゃべってましたから。

スズ――どうだったの、面接は？

太一――印象悪かったんじゃないスかね。

スズ――何それ（拡声器）。

太一――声が小さいとか言われて。これ渡されたんですよ。

スズ――面接で?

太一――そう、そう。(拡声器で)ただいま帰りました! お迎え、かたじけないでございます! 人生、控え目は禁物! あ、これ。(拡声器をキキに渡す)

家の中に入ってゆく太一。

キキ――……。

スズ――(キキを見て)フフフ……真剣な顔……こないだね、映画を観てたら、若い女の子を見て、男たちが言うの……。「不思議な子だね。いつも真剣な顔をしている。」って……。なるほどって私、思ったの。真剣な顔をするってことは不思議なことなのよ。

キキ、それには反応せず、去ってゆく。

スズ――……。

《枯淡館》に明かりが灯る。

2

《枯淡館》のティーラウンジ。
客をとられたというダリヤが菅野一彦（主人）の話を聞いている。
その脇の方で食事をしている田崎。
奥の方で雑誌を読んでいるナデシコ。
離れたところで特に何をするわけでもなく、時折携帯をいじっているボタン。

主人――だって、ウエダさん来た時、サクラしかいなかったんだからしょうがないじゃないか。
ダリヤ――（お茶を飲み干す）
主人――（ナデシコに）お茶入れてあげて。
ナデシコ――（入れてあげる）
ダリヤ――だから、そのしょうがないって言い方を用意してるとこが問題だって言ってんのよ！
主人――用意なんかしてないよ。
ダリヤ――お父さんがじゃなくて！　ウエダさん来た時間！　そこにサクラがいた！　私は今日は夕方の5時から！　そこに何らかの示し合わせがあるだろうって！　しょうがなくない

わよ、私の時間、待ってればいいんだから！（お茶を飲み干す）

主人――だからウエダさん、夜は予定が入ってるって言うんだもん。食事だってしなかったんだよ。（もう一杯お茶を入れてあげようとしているナデシコに）うん。（と指示）

ナデシコ、ダリヤの茶碗にお茶を注ぐ。

田崎――あ、こっちもお願い。

ナデシコ――あ、ハイ。

田崎――おいしかった……！

ボタン――嬉しそうに……！

田崎――嬉しいさ……（ナデシコに）なあ。

ナデシコ――フフフ……。はい、ダリヤねえさん。

ダリヤ――（ライターを出していじくっていたが）だいたい、あのサクラ。このライター、私がウエダさんにシンガポールで買ってあげたものよ。これを何食わぬ顔で使ってたんだから。どうしたのそれって言ったら、「落ちてた」って。落ちてただあ!?　あ、ナデシコ、あんたいたでしょ、あの時。

ナデシコ――いました。

ダリヤ――妙に勝ち誇ってたでしょ、あの言い方！

ナデシコ――あでも、サクラねえさん、だいたいあんな感じですよね。

田崎――（ライターを）どれ……ホウ、いいやつだ、これ。

ダリヤ――だいたいあんな感じって。読みなさいよ。ここを、腹の底を！

ナデシコ――あ、苦手な分野です。

田崎――え？　でこれ、取り返したの？

ダリヤ――（無言の肯定）

主人――だから、考えすぎなんだよ、ダリヤは。

ダリヤ――それ言われたくないわよ。って言うか、お父さん、人ってのは考える生き物なの。考えはじめたら、すぎるもすぎないもないわよ。

田崎――取り返したこれ、どうするの？

ダリヤ――何？

田崎――せっかくあげたのに。

ダリヤ――今度、ウエダさんに聞くのよ。どうなってるんですか、これは！って。だから持ち歩いてるの！

田崎――ああそういうことね。

奥から、カンナが若い客（モリオカ）を送り出してくる。

カンナ――お帰りでーす。ありがとうございました。

そこにいる皆が「ありがとうございました」と頭を下げる。

モリオカ――あ、ここでいいです。

カンナ――そう？　じゃあ、またね！

モリオカ――うん、また。

主人――ありがとうございました！

モリオカ――あれ？（ポケットを探り）お、あった、あった。（携帯？）

主人――あ、良かった……！

モリオカ――じゃあ、失礼します。（カンナに）やせてるね。

出てゆくモリオカ。

田崎――見たことあるな、どっかで。

主人――確か酒屋の息子じゃないかな。リカーショップモリオカの。

田崎――あ、そう。

主人――息子があとを継がないってご主人がこぼしてたけど……。金ためて来たんだね。ウチなんかに。一応安いのつけたけど。

カンナ――旦那のことしつこく聞かれちゃった。

ナデシコ――私も必ず聞かれる。はじめのうち嘘ついて楽しんでんだけど、疲れてくると「ああもう、ホントのことでいいや」って気になってくるのね。

カンナ――そうよ。だから体力ないと、嘘なんかつけないわよ。私、体力ないから全部ホントのこと話しちゃった。この仕事？　お金が好きなのとか、もうちょっとちがうこたえ期待してたみたいだけど。

ナデシコ――ちがうこたえ？

カンナ――意外に理屈っぽいの、あの顔で。ハハハ。

ボタン――（田崎に食器を）これ、もういいんでしょ？

田崎――ああ、うん。

ナデシコ――あ、ねえさん、私やります。

ボタン――いいわよ、いいわよ。

ボタン、食器を下げる。

主人――（ナデシコに）ワンテンポ遅いよ。
ナデシコ――でしたね。
主人――でしたねじゃないよ。
ナデシコ――フフフ……。
主人――笑ってるし……。田崎さん、変わったね、時代は。
田崎――どうだか。
主人――変わったよ。昔はお金より大事なもんがあったよ。先輩後輩の区別もちゃんとあったし。

ダリヤがしゃべり出すと同時に、そこらにあったボタンの携帯が鳴りだす。

ダリヤ――私はね、男をつなぎとめようとしてこんなものあげたりするような女じゃないのよ。
田崎――（携帯をとって）ハイ、あ、キキちゃんね。今ちょっと席外してんだ。
ダリヤ――腹の底に黒いもんかかえてる女の顔にはね、それなりのもんがにじみ出てしまいますよ。（ナデシコとカンナに）あんたら、わかってんの!?　人間てのはね、愛だ憎しみだって言う前に「こんにちわ」って言ったら、「こんにちわ」って言い返す。そういう、何て言うの？　礼儀ってもんがあるのよ。
ナデシコ――それは、ハイ。
田崎――（電話つづいていて）すぐ戻るから。ちょっと待っててよ。……え？　それ私から言うの？
（切れた）あれ、切っちゃったよ。
主人――娘から？
田崎――うん。
主人――何だって？
田崎――今日は帰らないって伝えといてくれって。
ダリヤ――聞いてる!?
主人――聞いてるよ。
ダリヤ――今私、大事なことしゃべってんだから。

ボタンが戻ってくる。

田崎――キキちゃんから電話あったよ。
ボタン――（自分の携帯を見て）出たんですか。
田崎――うん。今日は帰らないからって。

ボタン――（携帯とって、発信して）ホラ、もう留守電！（しばらく待っているが）やめ、やめ。しゃべると失敗する！
ダリヤ――失敗したら、消して、入れ直しゃいいのよ。
ボタン――娘相手に……！
ダリヤ――失敗恐れるようなこと言うから。
ボタン――イヤなだけよ。取り返しつかないのが。
ダリヤ――だから取り返しがつくって話してるのよ。
ボタン――ダメダメ。それじゃ自分に敗けてる！
ダリヤ――自分じゃなくて、娘にじゃないの、それ。
ボタン――自分よ。自分でしょ。娘に敗けてどうすんの!?

田崎と主人は、二人の会話を聞いて、ヘラヘラ笑う。
ダリヤがボタンのことで自分の問題から離れたからだろう。

ボタン――田崎さん、息子さんにちゃんと言っといて下さいよ。あんな娘に手出しちゃダメだって。
田崎――私が口出すようなことじゃないよ。
ボタン――家庭教師なんかお願いすんじゃなかったわ。

ダリヤ――放っときゃいいのよ、子供なんて。
ボタン――家にいるんだもん。目に入るじゃないの。やることなすこと。
ダリヤ――うまい具合に今日は帰らないって言ってるわけでしょ？
ボタン――じゃあ、どこで寝るって言うのよ。

またヘラヘラ笑う男二人。

ナデシコ――（階段の方を見て）あれ、今日は夜？

階段を上がってくるスイレン。

スイレン――おつかれさまです。
主人――おはよう、おはよう。

何となく、皆がスイレンを敬遠している感じ。
スイレンはそのまま着替えに行く。

主人――もうちょっと普通に挨拶をしてさ！
ダリヤ――してるわよ。(他の女たちに) ねえ。
カンナ――いやあ、なんかさっきビール飲まされたから眠くなってきちゃった。
主人――もう着替えていいよ。あ、ナデシコも。
ナデシコ――でも今 (スイレンが) 着替えてるし。
主人――一緒に着替えりゃいいじゃない！
ボタン――別に「うちしおれてろ」とは言わないけどさ。
ナデシコ――あ、回復はわりと早いですよ。普通に冗談にものってくるし。
ボタン――そうなの？
ナデシコ――ハイ。(カンナに) ねえ。
カンナ――うん……。
主人――あ、そうだ！

主人、思い出したようにスイレンの方へ。

ダリヤ――金に困ってるってわりには、よく休むのよね。

田崎、関係ないことをし出す。机の脚を金づちでトントン、など。

ダリヤ――何ですか？

田崎――いや、ここ、ちょっとゆれるんだよ。

ボタン――（田崎に）何て言ったんですか？　あのスイレンは。

田崎――何？

ボタン――その、盗んだ金を補填してもらったことに対して！

田崎――そりゃ「すいません」だろ。

ボタン――それだけ！

田崎――いや、それだけじゃないけど。ま、そういうことだよ。

ダリヤ――あれ、ホントに亭主いるの？

田崎――いるに決まってるだろ。ここをどこだと思ってんだよ。

ダリヤ――聞いたことあるんですか田崎さん。

田崎――あるよ。だからお金が必要だったとも言ってたし。あ、やっぱり釘がゆるんでたんだ。

ボタン――そりゃ田崎さん。あなただっていちおうお客様なんだから、そりゃそう言うでしょうよ。

田崎――いちおうって何だよ。

ボタン――いちおうでしょ。今日だって食事するためだけに来てるんでしょ？

田崎――買うったって、あんた逃げるじゃない！
ボタン――逃げませんよ。
田崎――じゃあ、今日、行く？
ボタン――（田崎を見る）……。
田崎――何？
ボタン――長くなるからイヤ。ちゃちゃっと済ませてくれる人が好きなの。
田崎――長いか短いかなんて、そんなもの、感じ方次第でしょ！　私だって5時間も6時間もやってるわけないんだから。
ダリヤ――ハハハハ。

主人、戻ってくる。

主人――いやホラ、例のヤエシマさんの。クルーザー宴会、あの子、まだ返事してなかったから。
ダリヤ――で？
主人――でって。あ、返事？　ちょっと待って下さいって……。（田崎を見て）どうしたの？　歯でも痛いの？
田崎――痛くないよ。

主人――（カンナに）やっぱ無理なの？　来月の7日、楽しいんだよ。海はキレイだし。
カンナ――ハイ、今のところ。旦那の実家がピンポイントで言ってきてるんで。
田崎――（いきなり）私、長くないだろ！　何そりゃ。しつこいって意味？
ダリヤ――まあ、まあ、まあ。照れもありましょうよ、ねえさんの。
ナデシコ――そういえば最近、ヤエシマさん、お見えになりませんね。
田崎――関係ない話してんじゃないよ！
主人――何、長いって？
田崎――長くないって話をしてるんだよ！
主人――うん、だから――。何？　その金づち。
田崎――直しといた、グラついてたから。

ここにサクラが入ってくる。

ナデシコ――あ、サクラねえさん。おつかれさまです。
カンナ――おつかれさまです。
主人――おつかれ、おつかれ。
サクラ――おつかれさまです。ふー。歩くと喉渇く。あ、田崎さん、いらしてたんですか？

田崎――……。
サクラ――ん？　スイレンは？
カンナ――あ、今、着替えに。
サクラ――そうよね。あの子今日、夜だって言ってたから。お水一杯もらえる？
ナデシコ――あ、ハイ。
サクラ――あのにおい。何とかならないんですか、あの消毒液のにおい。
主人――あれな……どうしたもんかね。
ナデシコ――サクラねえさん。（と水を）
サクラ――ありがと。私なんか息止めてんのよ。あそこ歩く時。田崎さんの力で何とかならないんですか？
田崎――え、何が？
サクラ――通りの入口の。
田崎――え？
サクラ――においですよ。消毒液の。最近、キツくなってるでしょ。
田崎――ああ……。
サクラ――（田崎を笑って）打てど響かず！（スイレンに）あ、おはよう！

スイレンが着替えて戻ってきたのだ。

スイレン――サクラねえさん。（と手を振る）

サクラ――（着ているものを）かわいいわ。

主人――（カンナに）そういえば、あれ、ホントにいいよ。カルピスの詰め合わせ。

カンナ――ホントですか？

主人――点数かせがなきゃ。

サクラ――なあに？

主人――贈り物をさ。旦那の実家に。

サクラ――ああ……。

主人――のしと包装紙かえりゃ立派な贈り物だよ。

カンナ――あ、ハイ。

主人――大事だよ。御主人の実家との付き合いは。夫婦なんてものは、だいたいそこらへんからくずれてゆくんだから。確か、外国のデパートの包装紙あったぞ！（奥へ）

カンナ――でも、中身、カルピスですから！

二人、奥へ。

ダリヤ――（ずっとサクラのことを睨んでる）
サクラ――（ので）ねえさん、今日はウエダさん、ちょっと……。
ダリヤ――ちょっと何？
サクラ――お借りした形になりました。
ダリヤ――その〝形〟の意味がわかんない。
サクラ――いいえ。ウエダさん、夜は人に会わなきゃならないとかで急いでらしたから。（立ったままのスイレンに）座ろうよ。
スイレン――あ、ハイ。
田崎――（ナデシコに）聞きたいか、ヤエシマさんの話。
ナデシコ――え？
田崎――あの人は今、代表質問の真っ最中なんだよ。
ナデシコ――国会の、ですか？
田崎――そうだよ。
ナデシコ――この頃テレビでも中継やらなくなったから、以前ほど情報入ってこなくなりましたね。
田崎――エラそうに。
ナデシコ――じゃあ、やっぱり忙しいんですね。
田崎――忙しいのが好きな人なんだよ。だからホラ、まとめて二人とか三人とか言うだろ。

ナデシコ――あ、あれ。そういうことなんですか。
田崎――知らねえけどさ。（ボタンに）な、あっち系がいいんだろ？
ボタン――あのね田崎さん。
スイレン――あ、娘さんにお会いしました。
ボタン――え、キキに？　どこで？
スイレン――柳小路の手前の空き地のところで。
ボタン――何してたの？
スイレン――別に。ただ材木の上に腰を下ろしてらっしゃって。
ボタン――何か話したの？
スイレン――いいえ。離れてたので。こうやって頭をさげたくらいで。

ダリヤが何も言わず奥に引っ込む。

サクラ――（おどけたように）おう、寒い！

ミニコンポのところに行き、ＣＤを選びながら、サクラ——音楽でしょ、必要なのは！（曲が流れたので）田崎さん、踊りましょ！
田崎——イヤだよ。
サクラ——ハハハ。

ボタン、外へ向かおうとするが、

ボタン——（立ち止まり）……。（他の者に言い訳でもするみたいに）……この頃、あの子、ホラあのジープに乗って騒ぎたててる連中と、どうも付き合いがあるみたいで、時々入ってんのよ、カバンの中に。変なチラシみたいなのが……。ビックリマークいっぱい使ったようなこと書いてある……。
田崎——何それ。
ボタン——（首を振って）わかんない……！

この時、サクラとナデシコが何か話していたが、急に大声で笑い出す。

田崎——何だよ。
サクラ——ウエダさんの話よ。

ナデシコ――ウエダさん、ダリヤねえさんと食事した時、ここんところに（口の中の歯の部分）ニラだかセンマイだかがひっかかってて、なかなかとれないから、ダリヤねえさんにキスして吸い出してくれって言ったら、ハハハ……ダリヤねえさん、ホントに吸い出したんですって！

サクラ――歯と歯の間でしょ。だから私は、それ、舌も使わなきゃダメでしょ、って言ったの！

ナデシコ――どうしたのかしら、その吸い出したもの。食べたのかしら。

サクラ――聞いてごらんなさいよ、あの人に。

ナデシコ――わー、聞きづらーい！　ハハハ。

サクラは、そこらに置いてあるライターを見つけ、手に取る。

サクラ――おう、おう。（少し笑って）フフ。場所変えとこ。

ライターを別の場所に置く。

ボタンはクスリ箱からクスリ（救心みたいなもの）を取り出して、飲んでいる。

田崎――（誰にともなく、でもスイレンに期待して）歯みがくから。

スイレン――あ、ハイ。（とすかさず動く）
ナデシコ――あー。（と遅れぎみに動く）
田崎――（のを）わざとらしい！
ナデシコ――わっ。
田崎――何だよ。（真似して）「わっ」って。アニメのキャラクターみたいな顔して！
ナデシコ――ひどーい。
田崎――旦那に可愛いとか言われたんじゃないか。「わっ」――（と言って、ふと、自分がスズに言ったことに近いとわかって口をつぐむ）――。
スイレン――どうぞ。（と歯ブラシを）
田崎――ああ、うん。（歯をみがきだす）
スイレン――（タオルを持って、歯みがきが終わるのを待とうとする）
田崎――（のを）いいよ、いいよ。（と椅子を指して座れの合図）
スイレン――あ、でも……。
田崎――（タオルを取って）いいって！

スイレン、座っていいのかと……。

サクラ――ハイ、言われたとおり！（とスイレンを座らせる）田崎さん、ああ見えてこわいから。お金のある人ってのは、われわれのはかり知れないとこで爆発するからね。

田崎――（歯みがきながら）バカなこと言ってんじゃないよ。

ボタン――（スイレンに）あなた、今日はどうだったの？　ジープの連中にこないだヤジられたって。

スイレン――大丈夫でした、今日は。

ボタン――はかり知れないのはあの連中よ。ヤエシマさん、街頭に出てる時、あの連中と衝突したのよ。あんな連中を野放しにしといていいのかって演説してたから。

田崎――（同じく）だからさ！　ああいうのはちゃんと警察が取り締まるようにしなきゃダメなんだよ！　何のためにオレたちが税金払ってると思ってんだって話だよ！

サクラ――ホラホラ、爆発、爆発。

急に、口を押えて泣くスイレン。

皆、「……」。

スイレン――ごめんなさい……私、変ですね。急に皆さんに優しくしてもらってるような気がして――。いえ、ホントに優しくしてもらってるんですけど……。あんなことしたのに……！

サクラ――みんなもう忘れてるわよ。

ボタン——（おもむろに）ここの通りはね、昔は、それこそ、みんなに白い目で見られてね。お金にしばられた不幸な女たちのいる通りだって罵られて……。私が入った頃からかな。その頃はまだこの田崎さんのお父様も生きてらして。ね。飲食業、宿泊施設、そういった面を強調してくださって。それこそ《やるだけじゃない。語らいの場でもあるんだ》そういうアピールをね、してくださったの。いらっしゃるようになったわよ、社会の、何、屋台骨をしょってらっしゃるような方々が。私たちは学ばせてもらった、社会のことを、その方々に。お返しといっちゃナンだけど、私たちは、それこそ、さっきのダリヤの話じゃないけど、吸い取ってあげた。殿方の体にくっついてしまった、その、余計なものを。わかったのはね、われわれ人間てものは、決して、他人の不幸を喜ぶ生き物じゃないってこと！　ホラよく言うでしょ、他人の不幸は蜜より甘いとか……。違うの。協力したいのよ、われわれは！　力を合わせたいの！　だから語らうの！　語らうことによって、その人が何を必要としてるかわかるから。

サクラ——（はやしたてるように）ヒュー、ヒュー！

ボタン——中には、ああいう人もいるけど。

サクラ——ハハハ。（スイレンに）ちゃんと聞くのよ。

スイレン——聞いてます。

ボタン——あなた、一人で抱え込もうとするの、悪いクセよ。だからあんなことになっちゃったの……。だから、そうそう、このことが言いたかったのよ。昔のその白い目で見られてた頃は、あんたみたいな人が多かったって。みんな一人で抱え込もうとしてた。知らなかったのよ。協力するってことを！　この田崎さんはそこらへんのことをちゃんとわかってらっしゃる。だから助けてくださった。(田崎に) でしょ？

田崎――泣いてるの？

ボタン――もらい泣きよ。ティッシュ、ティッシュ。あった。お父様からそういう教育受けてらっしゃるんでしょ。立派なお父様だったものね。

田崎――わかってるよ。さっき言い過ぎたと思ってんだろ。まったく。おやじまで持ち出して！

ボタン――言い過ぎた？　何のこと？

田崎――……。

ボタン――ああ、あれは。そうね、私、謝るべき……。

スイレン――私……お誘いを受けた来月の、そのヤエシマさんのクルーザーの……行った方がいい、というより、行くべきだって気がしてきました。

田崎――……。

スイレン――私、お酒飲めないし、皆さん楽しんでらっしゃる時に、一人だけ私みたいなのがいると、場を白けさせるんじゃないかと思ってたんです。

サクラ――だからその〝私みたいなの〟って言い方が、よろしくないって、ねえさんがおっしゃってるのよ。

スイレン――(涙を拭きながら) ええ……!

ダリヤが戻ってくる。

ナデシコ――(ダリヤに) スイレン、ヤエシマ先生のクルーザー宴会、参加するそうです。

ダリヤ――あ、そ。あんた、まだいるの?

ナデシコ――あ……着替えてきます。

ナデシコ、引っ込む。

スイレン――(ボタンに) すいません、さっきは、あんなこと言ったんですけど。ホントは、話をしたんです、娘さんと。

ボタン――え? キキと?

スイレン――はい。私はいつもお母様にはお世話になってますって言いました。(少し笑って) ……娘さんは、私のつま先から頭のてっぺんまで、こんな風に見て、「お世話?」っておっしゃったんです。きっと私の言い方が何か変だったんですね。例えばその、口先だけのことを言ってるように聞こえたとか……。だから私は、お店のお金を私が盗んでしまったことを言いました。その時、お母様が、私のことをかばって下さったとか……どんな風にお世話になってるのか、それを言わないと、私の気が済まなかったんです……。

ボタン――かばったって。それを言うなら、田崎さんでしょう。

スイレン――ええ、もちろん。田崎さんのことも言いました。

田崎――（大声で）ちょっとこれ！　どこにしまえばいいんだよ！（金づち）

ボタン――そこらへんに置いてれば誰かしまいますよ。

サクラ――（ダリヤに）なあに？

ダリヤ――（ライターがないことで）……。

スイレン――私、伝えたかったんです。娘さんの知らないところで、お母様がどんなに……（言葉を探して）そのォ……何て言えばいいのかな……そう！　何かその必要としている人がいれば、それをわかってあげて、差し出してあげて……つまり、そういうことを、とても大事だと考えて、実際、そうなさってるってことを……。

ダリヤ――どこにやったのよ。

サクラ――え？

ダリヤ――あったでしょ、ここに。ライターが。

ボタン――あんたその、お母様って言い方、やめてもらえないかな。

サクラ——あ、ライターあった、あった。

スイレン——あ、でも娘さんにとっては。

ボタン——ボタンでいいわよ。そういう名前なんだから。

サクラ——あれ、ナデシコに渡しといた。これダリヤねえさんに返しておきなさいって。

ダリヤ——……。

いつしか、そこにスズが立っていて、

田崎——何だよ。

スズ——太一くん帰ってますよ。

田崎——……。

スズ——家の方にお願いします。

スズと女たち、何となく挨拶し合う。

田崎——それ、わざわざ言いに来たのか？

スズ——わざわざって……目と鼻の先ですし。

主人――やあ、スズさん。

主人、戻ってきた。

スズ――どうも。

主人――ま、目と鼻の先だからね。

スズ――ええ。今、それ言ってたんです。じき退散しますから。

主人――すっかり奥様だね。

スズ――どこが……どこが、どこが、どこが……。

サクラ――なつかしいんじゃないですか？

スズ――（鼻で笑う）

奥からカンナとナデシコが帰り支度をして、出てくる。

「お疲れさまでした！」

スズは、その若い二人を見る。

若い二人も田崎の妻だとわかってるから、それなりの挨拶。

主人――カンナ、明日は午前中に入れるね。
カンナ――ハイ！　保育園から直行します。
ダリヤ――（ナデシコに）ライター。
主人――お疲れさま！
ナデシコ――ハイ？
ダリヤ――ライター！
サクラ――さっきあんたに――。あ、こんなところに！　いいかげんなんだから！
ナデシコ――（合わせて）あ、すいません！
サクラ――はい、ライター。（とダリヤの手に）
ダリヤ――（受け取ったものの釈然とせぬ）……。
カンナ――あ、サクラねえさん。今日の私の客ね、サクラねえさんのこと知ってるみたいで。よろしくって言っててましたよ。
サクラ――誰？
カンナ――モリオカ……モリオカとか言ってましたね、まだ若い……。
サクラ――モリオカ……（うなずきつつ）

二人、帰ってゆく。

主人――遅いな……。（登志子のこと）

田崎――（スズの視線を受けて）わかったよ。（主人に）ほんじゃ。

ボタン――田崎さん、ホントに謝るわ。

田崎――何？

ボタン――長くなるとか言ったこと。

田崎、帰ってゆく。

スズ――何ですか、長くなるって。

ボタン――（仕草だけで何でもないと）

サクラ――さてと、私も着替えてくるかな。スズさん、ごゆっくり。

スズ――あ、これ読んでみて。（と冊子のようなものを渡す）

サクラ――あ、例の。うん、読むわ。（受け取る）

サクラ、引っ込む。

ダリヤ――ムカつくわ、あの女。

スズ——（椅子に座ったものの）あれ？
主人——何？
スズ——（少し笑って）何か言おうと思って座ったのに、忘れてしまったわ。
ボタン——ダメよ、代わりに思い出してとか。
スズ——言わない、言わない……。あれ？……（思い出せなくて）ダメだ。末期症状！
主人——（笑いながら）何だよ……！
スイレン——あ、そうだ……。

何かと思い出したようにサクラにつづいて、引っ込もうとする。

スズ——（それを）ちょっと、ちょっと。
スイレン——え？
スズ——ずいぶん皮肉じゃない。私が忘れた瞬間に、あなたが何かを思い出したなんて。
スイレン——あ……。
スズ——え、何を思い出したの？　私思い出せるかもしれない。あなたの言葉がヒントがわりになって。
スイレン——私はただサクラねえさんに……。

スズ――サクラねえさんに？
スイレン――この日焼け止めを渡そうと思って……頼まれてたんです……前にこの日焼け止めのこと話したら。
スズ――……。
スイレン――私がよく通る薬局にしか置いてないやつなんです。
スズ――それを今、急に思い出したんだ……。
スイレン――ハイ。

スイレン、引っ込む。

スズ――……。
ダリヤ――あの子、クルーザー宴会、行くって？
主人――ホントかい？
ボタン――ええ。行くって言ったわ。
スズ――それよ！　思い出した！　クルーザー宴会！　うちの人参加しないのなら、私かわりに参加してもいいかなって……。（主人に）いい？
主人――え、いいけど。田崎さん、ホントに来ないの？

スズ――あの人、来月は別荘に行くとか言ってたし。
主人――あ、そう。
ダリヤ――いいじゃない！　行きましょうよ。一緒に。
スズ――やるでしょ、いつものおふざけショー。
ダリヤ――でしょ。でもまだ何も――。
スズ――考えたのよ、私。ヒマだから。
ダリヤ――どんなの。どんなの。
スズ――だから、さっき渡しといた……。
ダリヤ――（わかって）ああ……。
ボタン――（スイレンのこと）あの子さ……確かに変よ……。（主人に）ねえ。
主人――ま、人間だからね。
ボタン――どういう答えよ、それ。

ここに、登志子が戻った。

主人――遅かったね、どうしたの。
スズ――お邪魔してます。

登志子――ああ……。いやいや、困ったことになったわよ……。今、私、公安にまわされたんだから。

主人――あ？

登志子――おたくは飲食業でも宿泊施設でもない。だからちゃんと風俗業の許可をとって下さいって……。今ごろになってよ！　私、ハンコ押しゃいいと思って軽い気持ちで出かけて行ったら！

主人――えー。じゃあ、あの《流浪館》も。

登志子――それが！　《流浪館》の方は、今まで通りらしいのよ。

主人――やってることは一緒じゃないか！

登志子――でしょ!?

主人――担当、誰だった？

登志子――誰って……役人よ！

ボタン――急に呼び出しが来たって言ってたの、そのこと？

登志子――そう！　私も今ごろ何だろうとは思ってたんだけど……。

主人――ヤエシマさんに口添えしてもらった方がいいな。

登志子――うん。私も道々、そのことを考えてたの。

主人――うん。まあ。ヤエシマさんに間に入ってもらえば。

ダリヤ――どうちがうの？　その営業許可があっちとこっちで。
登志子――税率が違うのよ！　第一、うちの品格にかかわるでしょ！　風俗業なんて言われた日にゃ！
主人――そう！

店の電話がなる。

主人――なんだ。（出て）ハイ《枯淡館》でございます！　あ、ウエダさん！　今日はどうも！　ハハハ、そうですか……ハハハ……え？　ダリヤ？　います、今ここに。ちょっとお待ち下さい。（受話器、差し出して）ウエダさん。
ダリヤ――えー。店の電話に……。（出て）ダリヤです。うん、聞いた……。怒りゃしないわよ……。何よ。お店の電話にかけてきたりして……え？　聞こえない。何？　……フフフ、バカね。そんなこと気にしてるの？　いつ？　ちょっと待って。（カレンダーを見て）うん、出てるわ。昼さがりから。フフフ……。ちょっとォ！　なんでそんなに声が小さいの？　え？　廊下？　え？　やだもう！　ハハハ。
スズ――（登志子に）私退散します。
登志子――あ、ハイ。（主人に）ヤエシマさんに連絡とってよ。

主人――今、電話ふさがってるし。

出て行こうとしたスズ。

スズ――(振り返って) え？　参加するって？　クルーザー宴会、あのスイレン。

セットが移動、変化して――。

3

田崎家の庭。
母屋と離れの間にある庭のようだ。
今、そこのベンチに腰をおろしてる太一。

太一――……。

母屋の方にスイレンがあらわれる。（微妙な衣裳だ）

太一――（チラと見るが）……。
スイレン――（何か言いたげで）……。
太一――え？
スイレン――（奥の方を見て）よく眠ってらっしゃるから。
太一――……。
スイレン――私の方はあんまり眠くないの。フフフ……。

太一――（スイレンの近くに置いてある水を取りに行こうとすると）
スイレン――どれ？　これ？（と水を持つ）
太一――（それを取る）……。（飲む）
スイレン――こないだ、ここで、庭の手入れをしてらっしゃる方とお話をしたわ。こうやって……。（と座る）……私、嘘をついたの。娘だって。ここの家の。
太一――無理に話すこたねえよ。
スイレン――誰と？　その庭の手入れの人と？
太一――……。
スイレン――あ、今ね……。フフフ。無理にじゃないわ、別に。時々吐き出さなきゃやりきれないってことは、わかってくれるでしょう？
太一――あんた、金を盗んだらしいな、店の金を。
スイレン――……。
太一――いづらくねえのか？　店に。
スイレン――フフフ……。
太一――え？
スイレン――考えないようにしてるの、そのことは。
太一――考えないように！　自分がやったことをか!?

スイレン――……。
太一――考えてしまうのが人間じゃねえのか？
スイレン――じゃあ私、人間じゃないのかな。
太一――そりゃねえよ。
スイレン――（立って奥へ行く）
太一――（ので）どこ行くんだよ。
スイレン――私も水が飲みたいのよ。

太一が持ってる水が二人に注目されるが、太一は、その水をあえて自分で飲む。
スイレンは、少し笑って、奥へ水を取りに行く。

スイレン――（戻って）勝手知ったる田崎家の台所……。
太一――どうやりゃ出来るんだ。その考えないってことが。
スイレン――うーん……。例えばホラ、私がこの家の娘だって言えば、そしてそんな風に振る舞っていれば、忘れることは出来るでしょ？　他の時の自分は。
太一――出来ねえだろ。
スイレン――出来るわよ。

太一――金を盗んで、それを忘れることもか!?

スイレン――盗んでないわ。

太一――あ?

スイレン――でも私は盗んだことにしてるの。あなたのお父様のためによ。

太一――……。(どういうことだとスイレンを見て)

スイレン――あ、私のためかな……。私をいづらくさせようとしたのはお父様よ。つまり、私がお金を盗んだように仕向けたのはね。私にはそれを否定する根拠が何もなかった……。実際、お金が必要だったから。

太一――どうやって?

スイレン――何が?

太一――仕向けた?

二人は、奥に、田崎の気配を感じた。
田崎の着ているものも微妙。

田崎――ここにいたのか?

スイレン――よく寝ていらしたから。

田崎――蒲団をたたんできてくれ。

スイレン――ハイ。

スイレン、奥へ行く。

田崎――（スイレンの水を飲む）……空がにごってるな……フフ、夜とも昼ともつかん。

太一――……。

田崎――何を話してたんだ？

太一――何だったかな……。ああ、金を盗んだ話だった……。

田崎――変わった女だよ。

太一――そんなこともねえだろ。

行こうとした太一に、

田崎――ヒデコには会ってるか？

太一――誰に？

田崎――誰って、母さんだよ、おまえの。

太一——いや。
田崎——そうか。私にもここんとこ連絡がない……。うまくいってんのかな、商売の方は。
太一——知らない。
田崎——うん……。
太一——いきなりヒデコなんて言うなよ。
田崎——ハハハ……。
太一——会ってたらどうだって言うの？
田崎——だから商売はうまくいってんのかと思ってさ……。私も責任あるし。
太一——責任？
田崎——おまえを一本立ちさせるって……。約束したんだよ、私は。
太一——だったらおかしいだろ。知り合いに手まわして息子を雇ってくれなんて。
田崎——きっかけだろ！　きっかけがなきゃ先に行けないじゃないか。ちがうか？　だいたい、うちの会社だったら、工場でも何でもすぐにポスト用意するって言ってんだ……。
太一——……。
田崎——そんなとこで潔癖になってどうすんだ。

スイレンが田崎に、肩掛けのようなものを持ってきた。

スイレン――これを。
田崎――ああ。（掛けて）
スイレン――枕許のトランプ、しまっちゃっていいんですか？
田崎――いいよ。
スイレン――途中っぽかったから。

と言いつつ奥へ行くスイレン。

田崎――途中っぽかった……。（少し笑って）……そんな表現、ある？
太一――……。
田崎――自分から言ったのか？　その、金を盗んだって話。
太一――いや、キキから聞いた。
田崎――ああ、ボタンの娘。
太一――……。
田崎――どうなってんだ、そっちの方は？
太一――別に。
田崎――うん。まあ、女でハメはずすこたあない。

太一——自分は盗んでないって言ってた……。
田崎——（太一を見て）フフフ……。（しんみりと）あれで、なかなか可哀相な女なんだ……病弱な男と結婚したばかりにな……どっかで自分を正当化していかなきゃもたないはずさ……。
太一——……。
田崎——そんなことより、何がダメなんだ。立派な会社だぞ。今度、九州の方にも支社を出すって。
太一——はっきり言っていいか？　親のコネで入った会社に、こき使われる気はねえよ！
田崎——こき使われるって。自分で決めてるだけじゃないか。
太一——違うのかよ。
田崎——入って働きもしないうちに決めつけるこたないだろ。
太一——働きもしてねえくせに何言ってんだよ。
田崎——……。
太一——親の残してくれた土地と財産で、ぬくぬく暮らしてるだけだろ。
田崎——（挑戦的な目で太一を見てから）……ああ、そうだよ……だからと言って、私が何も考えずに生きてきたってわけじゃない……親としての感情がないとも思わん。
太一——親として？　そんなものはいいよ！　人としてのこと考えてみろよ。人間として！
田崎——人間として……。

太一――ああ、人間としてだよ。オレはあのおふくろの後釜におさまったスズって女の味方してるわけじゃないよ。でも……。
田崎――でも、何だ？
太一――どこにあるんだよ、あんたのホントのことは。
田崎――そりゃ探してもらうしかないな……。そのおまえの言うホントのことがあるとして……。人間てのは都合よく出来てんだ。何しろ自分の姿は自分で見れん。
太一――見た目のこと言ってんじゃねえよ。頭ン中のことだよ。オレの頭ン中もあんたの頭ン中も一緒だろ。おんなじ見えないものなんだから！
田崎――もちろん見た目のこと言ってんじゃないよ。だけど、どうなんだ。見た目があるから、人は頭ン中を操作してんじゃないのか？　見た目と頭ン中、このふたつが合わさったところで、人は人のことを判断してんじゃないのかって。私は私の見た目が見えない。ってことは自分で自分のこと判断のしようがないってことだよ。
太一――（少し笑って）都合がいいことに、だろ？
田崎――（同じく笑って）そうそう。いちいち自分のこと判断してたら、動けなくなっちまうからな。やることなすこと解説されてるようなもんだからな。動き出すそばから。
太一――オレは、そういうあんたを操作してるものは何だって言ってんだよ。
田崎――他人だろ。他人が私を操作している。

太一――いいや。違うな。あんたを操作するその他人が、自分に都合悪くなるように操作するわけがない。

田崎――……。

太一――あんたは愉しんでるだけだ。他人を操作して……。だから、裏返しさ、今言ってることは。

バイオリンの音が聞こえる。
スイレンが戻ってくる。

田崎――(バイオリンのこと)あれだって、私を操作してるぞ。ただどういう風に操作されてるかはわからん。あれが嬉しくってのことなのか、悲しくってのことなのかわかりかねるのと同じだ。片付いたのか? 蒲団は?

スイレン――ハイ。

田崎――トランプも?(と少し笑って)

スイレン――(同じく)ええ。

太一、離れの中に入ってゆく。

スイレン——何ですか、操作って。私のこと？
田崎——さあな……。
スイレン——もう奥様がお帰りになるんじゃないですか？
田崎——なぜあんなこと言った？
スイレン——あんなこと？
田崎——お金を盗んでないなどと。いや、その前に、来月のクルーザーだ。え？　行くべきだって気がしてきた？　どういうことだ!?　私は歯をみがいていた。そのみがき方に何か問題があったとでも言うのか!?
スイレン——……。
田崎——私はあの時、おまえに手伝うことを強要したわけでもないぞ!……わかってる、あの時、おまえは私の反応を見ようとした。
スイレン——（自分の水を取る）
田崎——（その手をねじりあげて）盗んでない？
スイレン——いえ……盗みました……お金が、お金が欲しかったんです……。
田崎——時間が罪の意識を忘れさせたとでも言うのか？　だったらおまえの罪をかぶろうとした私の苦労はどうなる!?
スイレン——忘れてはいません……。

田崎――言葉だけか!?
スイレン――噛んでください、私のことを。あなたの歯形が残るように。
田崎――……。
スイレン――その歯形のあとが私が忘れない証拠です。

田崎、スイレンの腕を噛む。

スイレン――痛い……!
田崎――私を悲しませるな……おまえのはしゃぐ姿など見たくない……。(腕を離す)
スイレン――……あのことは断るようにしますから……行きたかったわけじゃないんです……来月の7日、私は、あなたの別荘に伺います。
田崎――クルーザーに乗りたかったとだけ言っておけばいい……。フフフ、私はおまえに操られてるんだ。わかるか?

バイオリンがやむ。
スイレン、立ち上がり、

スイレン——私、裏口から。

スイレン、引っ込む。

田崎——……。

やがて、スズが入ってくる。（買い物帰り風に）

スズ——帰りました……。（少し笑って）早すぎませんでした？

田崎——……。

スズ——あ、そうだ。注文してたトリュフジュース、入荷にちょっと時間がかかるって言われました。

田崎——だってもう2週間は経ってるだろう。

スズ——2週間……そんなに経ちますか。

田崎——注文してんのか、ホントに。

スズ——（鼻で笑う）

スズ、田崎とスイレンがいた部屋を見て、

スズ――片付いてる……ん？　太一くんは？

田崎――（離れを指さす）

スズ――（そこを見て）

田崎はスズが見た部屋に入ってゆく。

スズ――なかなかうまく行かないもんですね。

田崎――何が？

スズ――あなたの趣味に合わせようとすると、太一くんとかみ合わない……太一くんと合わせようとすると、あなたの気にくわない……。

田崎の声――何だそりゃ。後妻の悩みか？

スズ――フフフ……かもしれませんね。

田崎の声――聞いたことない。

スズ――何がですか？

田崎の声――……。

スズ――え？　何を？

田崎、着替えながら出てくる。

田崎――後妻の悩みだよ。

スズ――……。

田崎――ストレートすぎます。胸にしまってこその悩みだ。そういうことは。あ、こっちか……。

とまた部屋の中へ。

スズ、本を読み出す。

スズ――さっき、レジでお金を払う時、向こうのレジで暇そうにしてるパートのおばさんたちが、私の顔を見て「似てる、似てる」って言ってるの……。ところが、誰に似てるって言ってるのかがわからない……。だからって、近くまで行って「誰に似てるんですか？」って聞くわけにもいかない……。結局誰に似てるっていうのか、わからないままお店を出てきた……。（一人ごとのように）誰に似てるって言ってたんだろう……。

田崎、出てくる。

田崎――何だって？

スズ――……。

田崎――出かける。

スズ――ハイ。

田崎――(出かけようとして振り向く)

スズ――(ので) 何？ お見送り？

田崎――……。

スズ――しますか？

田崎――いや、いい。出かけるから。

スズ――ハイ。

一人になったスズ、本を読んでる。

と、離れから太一が出てくる。

太一――……。

スズ――あら……。（本から目を離す）……え？　お昼は？
太一――（首を横に振る）
スズ――何かこしらえましょうか。
太一――いらない。
スズ――そう……。
太一――（田崎は）どこに行ったの？
スズ――……さあ……。フフ、老眼鏡買った方がいいみたい……。太一くん、視力は？　いいの？
太一――視力？
スズ――そ、視力。視力がいい人は、老眼、早く始まるんですってね。
太一――どうでもいいよ。
スズ――今は、でしょ？
太一――……。
スズ――（本を示して）『アンナ・カレーニナ』読んだことある？
太一――いや……。
スズ――そう……。面白いわ、なかなか。
太一――知り合いの家に遊びに行った。そこでカレーをごちそうになった。おいしくって舌つづみをうった。そう言ってみて。

スズ――え？　何？　知り合いの家で？　カレーをごちそうになった？

太一――そう、おいしいと思った。だから、

スズ――舌つづみをうった？

太一――言ってみてよ、最初っから。

スズ――知り合いの家でカレーをごちそうになった。おいしかった……。私は舌つづみをうちました。

太一――あんなカレーにな。

一瞬の間ののち、笑うスズ。
しかしすぐに、言葉も途切れて、

太一――言わないの？　久しぶりに笑ったって。

スズ――先に言われちゃったもの。

太一――……。

スズ――読むのね、人の心を。

太一――うん。読みちがえた。最初っから言ってみてって言っても言わないだろうって、オレは

スズ――読んでたんだよ。だから自分でオチをつけるつもりだった。
太一――（肩をすくめて）フフ……。
（ため息まじりに）あんなカレーにな……！

スズは、買い物をそこらに置いたままであることに気づき、立ち上がってそれを持って、台所の方へ。
太一は、残された『アンナ・カレーニナ』をとって、パラパラめくったりして。
スズが戻ったので、本をポンとテーブルの上に放る。

スズ――……むずかしい時代よね。大卒だからって、すぐに就職出来るわけじゃない……。
太一――やってんの？　おやじとは。
スズ――え？
太一――夫婦のやるべきこと。
スズ――え？
太一――想像つかねえよ。あんたが向かいで働いてたなんて。
スズ――……。
太一――戻ってみたらどう？　（スズを見て）これはこれでアリってか？

スズ――太一くん……病んでる……。

太一――病んでる!?　(さも驚いたように、もう一度) 病んでる!?　オレは！　新しい仕事が見つかるまでここで暮らしてみちゃどうだっておやじの意見を素直に聞いて！　そうだね、じゃあそうするわ！って。何の迷いもためらいもなく！　ここで暮らしているんだよ？　どこに病む理由がある!?　食うに困らず、小遣いに不足せず、心にゆとりをもって、職探しが出来てるのに！

スズ――だけどさっき……。

太一――さっき、何？

スズ――お昼、食べたくないって言った。食欲がないってことでしょ？

太一――ああ、あれか……。いやいや、あれは……。うーん、そうか……。え？　それ、病んでるってことになるの？

スズ――……。

太一――何？　何？　そんな目で見ないでよ。

スズは、田崎とスイレンがいた部屋の方に歩き、部屋の中を見て、鼻歌のようなものを口ずさむ。

太一――……。

スズ――……私か。病んでるのは……。（笑って）夫婦のやるべきことって……仕事だったのよ。それが私の……でも相手は夫なわけじゃない……ってことは、どうなの？　夫婦だからってやるもんじゃないってことでは？　残る太一くんの問題としては？　夫婦って何？

太一――……。

スズ――何だろうね。夫婦って……。この頃思うのよ。あれ、私ってどんな女の子だっけって……。

太一――くだらねぇよ。そんなこと。

スズ――過ぎ去ってしまったことだからって理由で？

聞こえてくるジープに乗った連中の拡声器を使ったアジ演説。

スズ――（少し笑って）……通り過ぎるのを待つしかない……。

太一、何も言わずに出てゆく。

スズ――（残されて）……。

4

《田崎家》が《ジュリエット通り》に変化してゆく。
太一がジュリエット通りに出てきた。
トモがモリオカ（迷彩服を着ている）と何やら話している。
太一に気づく二人。

トモ――あ、モリオカさん。（と紹介する感じ）
太一――うん……。
モリオカ――C'est la première fois qu'on se parle n'est ce pas?〈ちゃんと話すのは初めてだよね〉
太一――え？
モリオカ――Enchanté.〈よろしく！〉（と握手）
太一――（握手しながら）フランス語？
モリオカ――Oui! Pour être un militaire français, il faut parler français.〈そう。フランス外人部隊に入るにはフランス語を話せなければならないんだ〉
トモ――わからないと思うんで……。

モリオカ――わかってる。自分のためだ。パッときたら、パッとフランス語が出るようにしとかなきゃな。
太一――フランス外人部隊に？
モリオカ――そうそう。え!?　わかった!?
太一――いや、そう聞いてたから。
モリオカ――あ、そういう……前もっての知識ね。
太一――ハイ。
モリオカ――（トモに）有名なんだ、オレ？
トモ――有名ｽよ。
モリオカ――去年落とされたから。語学で。
太一――ハァ……。
モリオカ――こんなとこでジープ乗りまわしてるだけじゃダメだと思うんだ。うるさいっしょ？ジープ。

ここにカンナとナデシコが歩いてくる。

カンナ――（モリオカを見て）あれ？

モリオカ――やあ。
カンナ――わかんなかった。
モリオカ――こんな服着てるから?
カンナ――うん。
モリオカ――オレもわかんなかった。
カンナ――こんな服着てるから?
モリオカ――そう、そう。
カンナ――(枯淡館を指して)すぐに脱ぎますわよ。ハハハ。
太一――オレ、ちょっと。(行こうとする)
トモ――(ので)どこ行くんだよ。
太一――わかんねぇ。
ナデシコ――フフ、わからないって言葉が横行してる……!
モリオカ――キミ、田崎さんの息子さんだろ?
太一――……。
モリオカ――返事は!
太一――ハイ……。
モリオカ――キキって女の子との関係は? 家庭教師をしてたって聞いたけど……。

太一――別に、それだけですけど……。
モリオカ――そう……。
ナデシコ――行こ。
カンナ――うん……。あ、サクラねえさんには言っといたわ。よろしく言ってたって。
モリオカ――あ、そ。

カンナとナデシコ、枯淡館に入ってゆく。

トモ――（ナデシコのことが気になったらしく）……。
モリオカ――いいよね。肉がついてるって。
トモ――あ、ハハハ。
モリオカ――ボクはね、ここらへん（ウエストあたり）の肉がちょっとダブついてる感じが好きなんだ。
トモ――あ、いいッスね。
モリオカ――キミも!?
トモ――いや、オレは、どっちでも。
モリオカ――穴さえあれば？　ハハハ。
トモ――かもしれないっス。

モリオカ――おい、おい。まだ見ぬ故郷《ふるさと》ってか？
太一――キキがどうしたんですか？
モリオカ――え？　ああ、キミの話をよく聞くってだけの話さ。あの子の口から。
Elle parle souvent de toi.〈キミの話をよく聞く〉
太一――聞いていいですか？
モリオカ――うん、何？
太一――あなたたちは戦争がしたいんですか？
モリオカ――それ、どういう意味？
太一――いや……。
モリオカ――キミ、こんな夢を抱いたことはないか？　世界には金持ちがいて、貧乏な人たちがいる。もし自分が金持ちになったら貧乏な人たちにお金を分け与えてあげるのになあって……。
太一――共産主義ってことですか？
モリオカ――いやいや、そんなたいそうなことじゃない。……あるだろ？　そんな夢を抱いたこと。
太一――……。
モリオカ――（トモに）ないか？
トモ――金持ちになったらオレは、金持ちのままでいたいです。
モリオカ――ハハハ。エラい、エラい。

トモ――ダメですか？

モリオカ――ダメなもんか。大いに結構！（太一に）ボクは、そんな夢を抱いたことがある。でもそのためには、ボク自身が金持ちになる必要がある。貧乏なクセにそんな夢を語ったって、貧乏ゆえの夢にすぎないからね。わかるか？ のうのうと暮らしていながら、戦争反対はないだろ。こういうことさ。それを言うためには、いつでも戦争を迎えうつ用意がなきゃいけない。その状態で、われわれは戦争反対を、つまりは世界の平和をうたうわけさ。ユーアンダスタン？ ん？ こりゃ英語だ。ハハハ。

太一――でも、戦場に行きたいんでしょ？

モリオカ――やがてこの母国に帰りくるためだよ。外国で金持ちになって、日本に帰ってくる。そして貧乏な人たちに金を分け与える……。

通りの向こうに、キキの姿。
男三人が、それに気づく。
モリオカが、キキの方に近づいてゆく。
そして、何やら話していたが、男二人の方を見て、

モリオカ――Allez mes amis! À bientôt!〈友よ、また会おう！〉

モリオカは通りの向こうへ去る。
その時、キキは名残惜しげにモリオカの手に自らの手を重ねた。

トモ――いい人だろ？
太一――（モリオカの去った方を見る）……。
トモ――（ポケットからタバコを出し）これもらったんだ……。
太一――何？
トモ――外国のタバコ。一本吸ってみる？
太一――いいよ。

キキが近くまで来ている。

キキ――また私のところに来たわ。あんた（トモ）のお母さん。
トモ――……。
キキ――まるで私があんたの恋人みたいなこと言うんだもん。やんなっちゃった。
トモ――……。
キキ――どんな風に話してるの？　私のこと。

トモ――相手にしなきゃいいだろ。
キキ――あんなこと言ってる……。（太一に）ねえ、聞いてくれる？　あんたが息子の嫁になってくれるんならとか、そんな話をするのよ。
太一――へえ……。
トモ――何も言ってねえよ、オレは！
キキ――「息子は子供の頃から母親思いの子でねえ。そりゃかわいかったのよ」「ああそうなんですかァ」「そうそう。一度なんか、こんなことがあったわ」
トモ――バカヤロおまえ。いいかげんなことばっかり言いやがって！

キキは、自分もモリオカにもらった外国タバコを出し、それに火をつけ吸う。

太一――何だよ、それ。
キキ――もらったのよ。
トモ――（自分と同じタバコだと）……。

通りの奥からサクラが歩いてくる。
（見えない位置にいるモリオカと話していた感じ）

サクラ――（三人を指さしながら）どの子？　どの子？　どの子？　トモ、どの子？
トモ――ハイ……。
サクラ――（通りの奥を指さして）呼んでる。
トモ――オレっすか？
サクラ――だって、トモでしょ？

トモ、奥へ。

キキ――（サクラと目が合って、頭を下げる）
サクラ――不良……フフフ……何か伝えておくことは？　お母さまに。
キキ――（首を横に振る）
サクラ――そ。（大きく背伸びして）フーッ。何だろ、体が……何て言うの？　ダルい！（枯淡館を見て）さてと！　（思いついたように）あ、そうだ。（太一に）あなたのお母さんに会ったわ。
太一――え？
サクラ――ヒデコさんよ。実の母？　これ、彼女のお店で買ったものだから。（と着ている服を）心配してらした。あなたのこと。
太一――……。

サクラ――（顔のことを）母親似なのね。フフフ。

歩いてきた男（ウエダ）。

ウエダ――なんだ。わざわざ遅れてきたのに。
サクラ――ごめんなさい。ちょっと立ち話を。あ、御存知？　田崎さんの御子息。
ウエダ――へえ……。あんまり似てないね。
サクラ――だから今、母親似だって話をね、してたんですよ。あ、じゃあ、私、お先に。

サクラ、枯淡館に入ってゆく。

ウエダ――それにしてもこの消毒液のにおいは……。あ、ウエダといいます。
太一――ハア……。
ウエダ――（キキに）キミ？　ボタンねえさんの娘さんてのは？
キキ――（うなずく）
ウエダ――モリオカくんから話は聞いてるよ。
キキ――……。

太一――……。

ウエダ――……面白いねえ。いや、何が面白いんだかよくわからんけど。ハハハ……。（二人を見て）若いってことは、それだけで……何ちゅうか……美人だね！（腕時計を見て）連れだってさえいなきゃいいだろ。

ウエダ、枯淡館に入ってゆく。

キキ――官僚だって。

太一――官僚？

キキ――官僚よ。あるでしょ。何とか省とか、何とか局とか。

太一――なんでおまえが知ってんだよ。え？　モリオカくんから話は聞いてる？

キキ――あなたの教えを守ってるのよ。

太一――教え？

キキ――世界は広い。だからいろんな人間を知ること。

太一――のこのこついて行けとは言ってない。

キキ――ううん。行動することが大事なの。行動することで考えが生まれるのよ。

太一――どんな考えだ？

キキ――どんな考え……どういうこと？
太一――敵をつくり、敵を攻撃すること。それを考えることだと思ってるだけじゃないのか。
キキ――敵？
太一――ああ。敵だ。敵がいなきゃ寂しいんだ、あいつらは！
キキ――……フフフ……逃がした魚は大きいと思ってる？
太一――え？
キキ――行動したから私にはわかったのよ。朝目覚めて、一時間後の自分を思い描けないなら、その者は生きてないって。
太一――それが、あのモリオカって男の言い草だってことか？
キキ――なあにそれ。「私にはわかった」って言ってるでしょ。ちゃんと聞いて。
太一――……。
キキ――フフフ……。半年前までは先生って呼んでた人に、こんな口きいてる……。
太一――フフフ……ハハハ……。
キキ――何？
太一――そう、魚だよ。おまえは！　エサを与えりゃ無闇に食いつく！　エサが無くなりゃ不幸だ、不幸だって言う！　だから言ってるだろ、おまえの住みかはここ（枯淡館）だって！
キキ――エサ！　エサって何!?

太一――空腹を充たすものだろ。おまえの言う行動とやらに、おまえをかりたててくれるもののことだよ。

キキはバイオリンケースを持って、その場を離れようとするが、立ち止まり、

キキ――……ジュリエットって呼ばれた女がいた……。私はその話が好きだった……。ここ（田崎家のあるところ）がまだ、何かの会社の寮だった頃のこと……。あそこ（枯淡館のベランダ）に立って、その寮の一部屋に明かりが灯るのを待った……。一度だけ自分の客になって、なったはずなのに、追い出された名も知らぬ若い男……。追い出されたのはお金がなかったからよ……。男は、この通りを歩くジュリエットの姿、ここに咲いた花のつぼみを見上げているジュリエットの顔、ここを出てゆくジュリエットの横顔……を、こと細かに話してあげた……。毎日キミを見ていると……どこから来て……どこへ帰ってゆくのか……。男は、この通りの向こうにキミは消えてゆき、この通りの向こうから不意にあらわれる。と言った……。ちょっと待って。これは、あなたに聞いた話。そうでしょう？

太一――……。

キキ――そうよ。その寮の跡地になぜお父様が新しい家を建てたのかって、あなたは言ったもの

……。

太一　──なぜ今、そんな話をする？

キキ　──すでに懐かしいからよ。この通りが。

太一　──ああ。女は男のためにお金を盗んだ。その金で自分を買ってくれるように言ったんだ……。

ジュリエット通りに風が吹き、多数の新聞紙が舞う。

太一　──なぜ今！　その話をするんだ!!

5

音楽に合わせて踊る娼婦たち。
それを見ながら酒をのんでいるウエダ。
ボタンがウエダの相手をしている。
スイレンの姿は見えない。

登志子――ナデシコ！　ホラ、腰！　腰！　腰をもっと、こう！
ウエダ――ハハハ、女将、自分で踊ったらどうだ!?
登志子――（余計なこと言わないでとばかりに）フン！
ウエダ――いや、見たいよ。（ボタンに）なあ。
ボタン――（酒を自分も）いただきますよ。
ウエダ――ハハハ、それが返事かよ。

登志子は、歌に合わせながら、自ら歌い、こう踊れとばかりに自ら踊っている。

登志子――（演出家然と）一事が万事、ここで手抜きをするってことは、どっか他でも手抜きをしているってことですからね！
ウエダ――いいじゃないか。どうせ余興だ。そこまでカリカリするこたないよ。
登志子――ホラ、ホラ、ナデシコ！　色気がない！
ウエダ――（ボタンに）どうだ。一緒に。（踊らないか？）
ボタン――スジを痛めてんですよ。
ウエダ――スジ？　どこの？
ボタン――あっち、こっち。
登志子――マルかいてチョン！　マルかいてチョン！（これは振りに合わせての号令で、振りによって、言い方が変わる）そしてぇ、ターン！（などと）
ウエダ――（自分も踊りながら、登志子の号令に合わせて）こうか？
登志子――（ナデシコのヘタさに、大げさに四つん這いになって）わー、もう！　なんでそんなに……！　ハイ、ハイ、音楽を止めて！
ナデシコ――すいません。
登志子――あんたね、いったいどんなセックスしてんの！
ナデシコ――頑張ります！
登志子――頑張って、どうにかなるもん!?

娼婦たち、タオルで汗を拭いたりして。

ウエダ――しかし、ヤエシマさんも豪気だね。クルーザーで宴会か。男連中も集まるんだろ？

登志子――だから言ってんですよ。みんな遊び方の上手な人たちですよ。

ウエダ――ヤエシマさん、ここんとこは？

登志子――お見えにならないのよ。忙しい忙しいで……。（カンナに）あんた、ちゃんとボタンねえさんに伝えとかなきゃダメよ。

カンナ――ハイ。

ボタン――あとでいいから。

カンナ――ハイ。

ウエダ――（カンナを見る）

カンナ――（ので）あ、私、行けないんです。だから今、ボタンねえさんのかわりに踊ってるんです。

ウエダ――（まだカンナを見ている）

ダリヤ――（ので）何よ。

ウエダ――見えないね。子供がいるようには。

ダリヤ――こら、こら。

ウエダ――どれ。（とカンナの胸をのぞこうとする）

カンナ――やだァ！

ダリヤ――(ウエダをハタく)

ウエダ――ハハハハ。

登志子――でもホント。こうしてウエダさん来てくださってよかった！　でなきゃ、この人(ダリヤ)それこそ……(サクラに)ねえ。

サクラ――いえ、私がいけないの。

ウエダ――何？　こないだのこと？　何を言ってんだ。こいつ(ダリヤをハグして、髪にキス)

ダリヤ――酔ってんの？

サクラ――(思いついたように)あ、ナデシコ、あんた、あのライター！

ダリヤ――あるわよ、ここに。

ナデシコ――あの時、ホラ、私があそこに――。

サクラ――あ、そかそか、そうだったわね。

ウエダ――このライター！　どこにあった!?

サクラ――落ちてたの、ここに。それを私が拾ったのよ。

ウエダ――落としたのか！　探してたんだよ！

サクラ――ごめんなさい。ごめんなさい。私が言えばよかったんだけど。

ウエダ――ラバー・カムバック・トゥー・ミーだな。記念にタバコ吸おう。

タバコに火をつけてあげるダリヤ。

ボタン――スイレンは？

登志子――今日は、もう帰ったわ。

ウエダ――スイレン……。

ダリヤ――お金を盗んだって子よ。

ウエダ――うん、うん。なんでそんな子、クビにもしないで……。

登志子――だって……。

ウエダ――え？

ボタン――田崎さんがうめ合わせをしたのよ。

ウエダ――うめ合わせ？　何、うめ合わせって。

ボタン――盗んだお金を、代わりに返してあげたのよ。

ウエダ――本人は盗んだまま？　そりゃ最初っから、田崎さんがそのスイレンにお金をあげりゃよかったってだけの話じゃないか。

女たち顔を見合わせて「そうだけど……」って反応。

ウエダ――何？　何？　そういうことでしょ⁉
登志子――田崎さん、ホラ、なじみすぎちゃって、誰ともその……そういう気にならないみたいなの。
ウエダ――……で？
登志子――あれでなかなか強情な人ですからね……。私どもも、いろいろお世話にはなってるし……。
ダリヤ――だいたい、この土地だって、田崎さんの土地なのよ。
ウエダ――そりゃ知ってるけど……。
ボタン――どうもあの子の言う事には実《じつ》がない……。クルーザー宴会のことだって、今日になって、やっぱり行くのやめますだもの。
サクラ――そんなことより、お母さん、ヤエシマさんとは連絡とれたの？
登志子――だから、忙しいっておっしゃるから。
ウエダ――そんなことよりって……。
サクラ――え？
ウエダ――いやいや……。
サクラ――だってお母さん、ヤエシマさんに口添えしてもらうって言ってたんだもん。
ウエダ――ああ、例の……そりゃヤエシマさん力になってくれるでしょ。

登志子――おかしいでしょ。今頃になって審査基準がどうの、行政指導がどうのって……。ウエダさんの力で、何とかなりませんか？
ウエダ――私にそんな力はないよ。（ダリヤに）なあ。
ダリヤ――食事は？　いいの？
ウエダ――いやもう、踊りで満腹。
ダリヤ――（上を指して）行く？
ウエダ――……。
ダリヤ――行こ。

ウエダ、他の者を気遣いつつ、ダリヤに誘われて、上の階の個室へ。

登志子――どうなんだろうね。あのダリヤ……。本気になってやしない？（カンナやナデシコに）え？

笑ってごまかすカンナやナデシコ。

ボタン――（頭かかえて）ダメだ！　寂しい！
サクラ――ちょっとねえさん！

ボタン――（落ちつかなげに歩きまわり）……誰か、私を抱きしめて。

登志子がボタンを抱いてあげた。

登志子――どうしたっていうの？
ボタン――頭の中に変なものが……。
登志子――変なものって？
ボタン――わからないの……。
サクラ――音楽でもかけますか？
ボタン――（登志子から離れて）いいの！　そういうことじゃないの！
サクラ――娘さんのこと？
ボタン――娘？　ああ、娘ね……。そうかな……。ううん。あの娘はきっとちゃんとしてる……。
サクラ――お腹すいてんじゃないの？
登志子――バカなことを！
サクラ――だって、お腹すくと、アレよ。ロクなことないわよ。
ボタン――今、少し……（大丈夫）……（サクラに）そう、音楽とか聴いて、これだけ違うこと考えてる人がいるとか思うと、急に……。落ち着かなくなるの……。みんな本気だし……。だから、ええ、じっと……。

登志子――（ボタンの両手を自分の両手で包んで）……わかるわ……私にもあるもの。そういうこと……。そういう時はね、歩くの……。ただ歩くの……。そうするとね、すれ違う人や軒先で何か、そうね、花に水をあげたり、家の中にいる人に「おーい、これ、片づけていいのか？」とか言ってる人がいる……。みんな、ただ歩いてるだけだって思えてくる……。それだけのことなんだ……そう思えてくる……。

ボタン――（うなずきながら）……ありがとう。

登志子――だから、あんたら（カンナやナデシコ）も歩きなさい！

二人――ハーイ！

登志子――亭主とうまくいかなくなった時もよ！　散歩！　まず散歩！（カンナに）あんた、カルピスのお礼、言ってきた？

カンナ――あ、メールがきました！

登志子――メール！

カンナ――あ、ラインですけど。

登志子――ライン！

カンナ――夏はカルピス、イエーイって。

登志子――イエーイ！

ボタン――スイレン……あの子は……。

皆、ボタンの方を見る。

ボタン――ホントにお金を盗んだの？　誰か見た人がいるの!?

サクラ――ねえさん……。

ボタン――試されてるような気になってくるの……あの子は私たちを試してるんじゃないの？

皆、ボタンが「ちょっとおかしい」と感じ合ったような具合で……。

ボタン――（サクラをじっと見る）……。

サクラ――（ので）何？

ボタン――どうして？　どうしてダリヤに意地悪をするの？

サクラ――意地悪？　そんなことしてないわよ。

ボタン――……。

サクラ――なあに？　ライターのこと？（ナデシコを見る）

ナデシコ――（ので）あれはホントに落ちてたのをサクラねえさんが拾って――。

サクラ――（ナデシコを手で制して）ダリヤねえさんが大切に思ってる、その同じ思いを私が持てなかったってだけの話よ。あの人がそんなに大切に思ってるものだって私が知ってたら、私だってもっと早く、返してあげてたはずよ。そう、きっと、その日のうちに。え？　ライターのことじゃなくて？

ボタン――……。

サクラ――ねえさん！　こたえて！　ライターのことじゃなくて!?

ボタン――（力なく）……ううん……ライターのことよ……。

サクラ――だったら、今言ったとおりよ。

ボタン――……。

サクラ――（ボタン以外の人間に同調を求めるような感じで）意地悪って……おどろいちゃった……！

ボタン、ふらふらと立ち上がり、奥の方へ歩き出す。

登志子――何？　どこに行くの？

ボタン――いえ、ちょっと……。

ボタンが行ったのを見送った登志子。

登志子――（サクラに）ちょっとォ！

サクラ――何？

登志子――いろいろ、たいへんなんだから！

サクラ――しっかりしてもらわなきゃ、ねえさんだもん。

ダリヤが上から降りて来て、

ダリヤ――ねえちょっと、部屋に食事を運んでくれない？

登志子――ああ……。

カンナ――あ、私が――。

ナデシコ――お酒も用意しますか？

ダリヤ――お酒はいらない。あの、ええっと、例のものを。

ナデシコ――ああ、ハイ。

カンナとナデシコ、奥へ。

ダリヤ――（ニタついて）……ホントに世話がやける……。まだ50にもならないのよ、あの人……。

「息子とはよく言ったもんだ。言うことをきかない。」なんて……。
サクラ――私が言ってきかせましょうって？　ハハハ。
ダリヤ――笑いごとじゃないわよ。
登志子――持って行かせるから。
ダリヤ――おねがいします。

ダリヤ、上へ――。
サクラは、何やら読んでいたが、

サクラ――（読んで）ハハハハ。
登志子――何？
サクラ――これ、スズさんの台本。
登志子――（手にとってみて）ああ……これ、やるの？
サクラ――スズさんしだいでしょ。

登志子は、ボタンの方を気にしている。

登志子――（つぶやくように）私もね、強くは言えないのよ。
サクラ――何のこと？
登志子――田崎さん。あの人、足長おじさんを買って出るみたいなこと言うから……。
サクラ――（笑いながら）足長おじさん……！
登志子――自分でそう言うんだもん。（台本のことを）これ、どういう話？
サクラ――殿様がお抱えの小姓に、女と恋をしないように、自分の歯形を残すのよ。
登志子――あ？
サクラ――その前に、殿様には、側妻《そばめ》がいた。その側妻にも歯形が残されていた。
登志子――何それ。
サクラ――ところが、その歯形が残された同士が恋におちるの…。それを知った殿様は、ハハハ。
登志子――殿様は？
サクラ――小姓のあそこをチョン切るの、側妻の目の前で。
登志子――えー。
サクラ――えー、でしょ。
登志子――（台本をめくって）あ、ここだ。飛び散る血しぶき。悲鳴。側妻の前にころがる二個の玉と一本の棒状のもの。しかしその棒状のものは、ちぢみきって、夜道に落ちた血ぬられたちょうちんのようにも見えなくはない……これ、喜劇？

サクラ――え？
登志子――笑わそうとしてんの？
サクラ――わからないけど。
登志子――だって、あんた、笑ってたじゃないの。
サクラ――あ、そうか……。
登志子――ダメ、ダメ。こんなのヤエシマさんの前で。
サクラ――えー、よろこぶんじゃないの？
登志子――そういうもん？……しかし、あのスズさんの頭ン中どうなってんの？

帰ってきた主人。
傷を負ってる。

登志子――あんた……！
主人――救急箱！
登志子――どうしたのよ！

カンナとナデシコが上に運ぶべきものを持って出てきていた。

二人——（それぞれに）お父さん……！
主人——なぐられた！　けられた！
登志子——誰に？（カンナとナデシコに）救急箱！　一人でいいでしょ！

もたついていたカンナとナデシコ。
ナデシコ、とりに行く。

主人——ジープの奴らだ。三台のジープに囲まれた！
登志子——え⁉
主人——どうなってんだ、警察は！　すぐそばだったんだ。警察を出たところで！　誰も助けようとしないんだ！
登志子——何したのよ！　なんで、こんなに！
主人——ヤエシマさんが、ヤエシマさんが逮捕されたんだ！
登志子——え⁉
主人——それ聞いたからオレは、警察の前で抗議してる連中と一緒に！　一緒になって！
ナデシコ——救急箱です！

治療し始める登志子。

登志子――どうだったの？　行政指導のことは！

主人――いつまでたっても応対に出てこないから、オレは警察の外に出たんだ！

そこらにあった携帯がなる。

カンナ――これ、ボタンねえさんの……。

登志子――向こう！

サクラ、携帯をボタンに渡すために引っ込む。

主人――おまえ、《流浪館》に連絡してみろ。向こうは呼び出しくってないんだ。どういうことなんだ！　同じことやっていながら！

登志子――するよ。するけど、今はこれ――。

主人――痛！　痛いよおまえ！

上の階からダリヤが降りてくる。

ダリヤ――遅いじゃないの！

ナデシコ――あ、すいません！　今！

ナデシコ、持って行くべきものを持って上の階へ。
ボタンが出てくる。携帯を持って。
そのまま、出口の方へ向かうので、

ダリヤ――どうしたの？

ボタン――娘が会いたいって――。

ダリヤ――（主人に気づいて）お父さん！

登志子――大丈夫だから、あんた戻って！

ボタン――（戻ってに反応するが、自分のことじゃないとわかって）……。

カンナ――（ダリヤに気づいて）あ、すいません！

カンナも上の階へ。

ダリヤ――（主人の方へ来て）お母さん！　どうしたの!?

後方で、事態を把握できぬげに立ち尽くしているボタン。

サクラの姿は、いつしか見えなくなっていて――。

6

ジュリエット通り。
奥から、歩いてくる太一。
枯淡館から、サクラが出てくる。急いで奥へ向かおうとする。

サクラ――(太一を見て)アラ……。

黙って通り過ぎようとする太一。

サクラ――聞いた？　ヤエシマ議員が逮捕されたって。
太一――ああ……。
サクラ――田崎さんにも警察の手が伸びるかもしれないわ。たぶん贈収賄の罪だと思うから。
太一――何をあわててるんだ？
サクラ――え？
太一――あんたがあわてることはないだろ。むしろ望みどおりの展開じゃないのか？

サクラ――……。

太一――笑って見てりゃいいんだよ。そうすりゃ、あんたはいつの間にか、別の（枯淡館をアゴでしゃくり）こんなところで、相も変わらず娼婦として働いてるよ。死んだ男たちを時々なつかしみながら。

サクラ――死んだ男たち？

太一――ああ。建物が壊され、いつか消えてなくなるように。男たちは死んでゆくんだ。

ボタンが枯淡館から出てくる。

ボタン――キキは？

ボタンは、キキを探し、ジュリエット通りの向こうへ小走りに行く。

サクラ――（ボタンに）ねえさん！

太一――教えてくれ。

サクラ――え？

太一――スイレンて女は、ホントにお金を盗んだのか⁉

サクラ――……。
太一――あんたたちは、ここ（枯淡館）の女たちは、知っているのか!?　あのスイレンて女が、おやじに、この家（田崎家）に呼び出されていることを！　仕事として！
サクラ――（首を横に振る）……。
太一――あんたはおやじのことを敵だと思ってるかもしれないが、敵じゃない……あの人は、腐ったリンゴを食べようとしているだけだ……。
サクラ――どういうこと？
太一――さあな……。（サクラの服を触って）誰の趣味だ？　おふくろか？
サクラ――（払って）……敵？
太一――だろ？　あんたにはすでにあのジープの連中の息がかかってる……。何か得することでもあるんだろう……。
サクラ――……。
太一――聞いてるんだよ。これは誰の趣味だって。
いきなり太一はサクラの服を引っ張って破く。服は破け、サクラの下着の一部があらわになる。

サクラ――！　（あらわになった部分を隠す）

太一――（それに対して）何してる？（隠そうとしている手をつかみ）なるほど。人間ての は、うまく出来てる。隠さなくていいものを、こうやって隠そうとするんだからな……。だってこんなもの（下着）はいらないだろ？　隠す必要ないだろ？　ちょっと嘘をやってみせて、なるほどってうなずき合う関係なんだよ。そのためにこういうものがあるんじゃないのか!?

サクラ――……。

太一――じゃあ、隠せないものは何だ？　隠そうとしても隠せないものは!?（サクラの頭をつっいて）ここにあるものだよ。あんたの手が、体が、その表情が、ここにあるものを、この頭の中にあるものを、ぜんぶ教えてくれてる！　あんたが隠せてると思ってるものは、あんたが歩くたびに、しゃべるたびに、笑うたびに、ホラこうなってますよって、世界中に教えまくっているんだよ！　ああ、あんたは裸だ！　裸でこのジュリエット通りを歩いてる！　隠せてるものなど何もありゃしない！

不意に太一は、スイレンの声を聞いた。

その声は「太一くん」と言わなかったか。

太一　──　⁉

スイレン　──　太一くん！

枯淡館のバルコニーを見ると、そこにスイレンがいた。

太一　──　（そのスイレンを見た）……‼

奥からボタンが小走りに来る。

ボタン　──　キキは？　キキを見なかった⁉

そのスキに、逆に奥へ駆けてゆくサクラ。

ボタンは枯淡館の中へ。

太一　──　（もう一度バルコニーを見る）……！

そこにいたのはダリヤ。

ダリヤ――――ウエダさんはいない？　ねえ、ウエダさんよ！

太一は、一瞬、スイレンの幻影を見たのだ――。

暗転。

7

ジュリエット通り。
風の音。すでにあたりは夜の気配。
キキが一人立っている。枯淡館の方をにらんでいる。
片手にバイオリンケース。
もう片方の手に拡声器を持って。
ボタンが枯淡館の入口から、キキを見ながら出てくる。

ボタン――……何の真似?
キキ――（拡声器を使って）恋をしました。
ボタン――え?
キキ――（同じく）あなたの娘は恋をしました……。（歌いだす）忘れられないのォ。あの人が好きよ。青いシャツ着てさ。海を見てたわ〜。（途中でやめる）
ボタン――最後まで歌えばいいわ。
キキ――……。

ボタン――よく歌ってたわよ。こんなちっちゃい頃……。みんながうまいうまいってホメるから、あなたは女王さまにでもなったみたいに……。

キキ――（つづきを歌う）恋は～、私の恋は～、空を染めて、燃えたよ～。

ボタン――……。

キキ――さようなら。私のお母さん。

キキ、行こうとする。

ボタン――キキ！

キキ――……。

ボタン――どこに行こうっていうの？

キキ――バカげてるわ。そんな質問。

ボタン――どうしてよ！

キキ――恋人のところに決まってるでしょ。

ボタン――……。

キキ――Je vais chez mon ami.〈私は恋人のところに行くのよ〉

ボタン――どうして英語なんか使うの!?

キキ――フランス語よ！
ボタン――外国の言葉よ！　え？　外国人？　恋人って。だから英語なんかしゃべってるのね！
キキ――フランス語だって！
ボタン――外国の言葉よ！
キキ――……。
ボタン――あんたは言ってくれた。母さん忘れない。覚えてる？　あんた中学生の時、はっきり言ってくれたのよ。「母さんの職業を恥ずかしいとは思わない」って。
キキ――……。
ボタン――今でも？　今でもそう思ってくれてるんでしょ⁉
キキ――忘れたわ。って言うか母さん、職業ってのは、もともと恥ずかしいものなのよ。
ボタン――え？
キキ――どんな職業にしたってそう。私は今、何？　高校生よ。職業はないわ。卒業する。そして何らかの職業につく。例えばそうね……飛行機の客室乗務員になるとする。キャビンアテンダントね。キャビンアテンダント⁉　私が⁉　ちがうわ。私は私よ。え⁉　キャビン何？　私はそんなものじゃないわ。私は振り返るの⁉　キャビンアテンダントって呼ばれて！　私は私以外の者であったためしはないわ！　えー、キャビンアテンダントォ⁉　私の顔は恥ずかしさで真っ赤っかよ。だって、関係ないんだもん。そんなもの、私と！

ボタン――何を言ってるの。みんな職業をもって、生活を支えていくんじゃないの！

キキ――そうよ。だから代償でしょ。恥ずかしさの。報酬なんてものは！

ボタン――ちがうわ、ちがうわよ。じゃあ、飛行機の中に、お世話してくれる人が誰もいなくなったら、どうするの⁉　困るのは、私たちじゃない！

キキ――いなくなるなんて話をしてるんじゃない！　いるのよ、キャビンアテンダントは！　でもそれは私じゃないって話をしてるの！

ボタン――ああ、おかしくなってる！　おかしくなってるわよ、あんた！　外国人と付き合ったりするから！　こんなもの持って！（拡声器をキキの手から取り上げる）

キキ――……。

ボタン――（拡声器を持って）何よこれーッ！（と泣き崩れる）

キキ――……母さん……。

ボタン――（どこかから声が聞こえたような気がして）……え？

キキ――おかしくなんかなってないわ、私。だから言える。今までありがとう。

ボタン――……。

キキ――忘れないことはいっぱいあるわ。……全部が、母さんが私のためを思ってしてくれたことよ。叱ってくれたことも含めてね。

ボタン——キキ……！
キキ——泣かないで。
ボタン——ひとつだけ教えて。
キキ——何？
ボタン——おまえ、母さんのことを軽蔑してやしないかい？
キキ——……。
ボタン——え？ だって、おまえいじめられてきたじゃないか。私がこんな仕事をしてるってことで。
キキ——……わかってもらいたいのはね母さん。母さんが考えてるほど私は子供じゃなかったってことよ。いじめられて悲しかったことはないわ。なぜこの人たちはいじめるんだろう。いつもそう考えてた……。（少し笑って）そう、これは家庭教師の先生が教えてくれたことでもあるわ。自分が何を守りたいかはっきりしない時、人は敵を作るんですって。そうすれば、自分が何を守ろうとしてるかわかるからよ。
ボタン——わからないよ。母さん。そんなむずかしいこと。軽蔑してないってことかい？ 母さん、そのことだけわかりたいんだよ。
キキ——軽蔑なんかしてない……。
ボタン——（嬉しさに）ああ！ 鐘がなったよ、頭の中で今、鐘がなったよ！「皆さーん！」て鐘がさ！

ここに、奥からモリオカとトモが来る。
二人とも迷彩服を着ている。

モリオカ——あ、お母さん？
キキ——うん。
モリオカ——はじめまして。モリオカと言います。（握手）
ボタン——……。（ボーっと手を差し出した）
トモ——キキ、9時からスギコシ公園で青年部の集まりがあるぞ。来るだろ？
キキ——行くよ。（モリオカに）行くでしょ？
モリオカ——ああ……。（ボタンに見られているので）お母さん、大丈夫ですよ。娘さんはわれわれがちゃんとお守りします。
ボタン——われわれ？
モリオカ——たぶん、生活の中で見えにくくなってるものがあって、それをちゃんと見るべきものとして見る役目を背負っているのは、われわれなんです。
ボタン——われわれ？

モリオカ――ええ。役目なんです。それがわれわれの。

ボタン――われわれって何よ！

モリオカ――生活の外側に立つ者って言えばいいかな。世界中から争いをなくすためです。当事者たちが生活ゆえに争いを避けて通れない歴史を、かくまで見せつけられたわれわれは、生活の当事者であることを放棄する人間が必要だという結論に達したのです、おのずから。その者たち、つまりわれわれには、目的にそった役目というものが生じます。観察です。そして実行。先日も、農業推進部の方から、こんな報告がありました。Aさんの水田があり、となり合ってBさんの水田がある。Aさんの水田はBさんのより、少し高い位置にある。水路が整備されてないゆえに、Aさんの水田に水はたまるが、Bさんの水田に水が流れてこない。Bさんは、どうしたか？　Aさんの水田に穴をあけたんです。その穴から自分の水田に水が流れるように、さあどうなったか。当然、Aさんはそのあいた穴を埋めにかかります。Bさんは、夜中にこっそり水田にやってきて、埋められた穴とは別のところにまた穴をあけた……。言ってみれば、これが生活の当事者の実体です。じゃあ水路を整備すればいいのか？　いいや。われわれはそうは考えません。その役目を政治に託してきたわれわれは、そのことへの失望をあまりにも多く目の当たりにしてきたからです。実際今、国家間で、その当事者ゆえの争いが絶えない状態がつづいている……。

トモ――モリオカさん。
モリオカ――ん？
トモ――（ボタンが聞いていないことを）あの……。
モリオカ――（気付いて）あ、そか……、すいません。
ボタン――あなた、親はいるんでしょ？
モリオカ――え？　どういうことですか？
ボタン――親を悲しませることだけはやめてちょうだい。
モリオカ――まさしく当事者の意見ですね。
キキ――（モリオカをとどめて）もういいから。
モリオカ――いやいや。キミこそ、いいの？　親にこんなこと言われて。
キキ――だって……。
トモ――モリオカさん、そろそろ行きましょ。
モリオカ――（怒って）何だよ、その言い方は！　ここだろ！　ここが世界じゃないか！　ここ無しにして、どこに世界があるって言うんだよ！
トモ――だって、興味なさそうだし。
モリオカ――興味!?
トモ――オレだって、言って聞かせたよ。親に！　でもわかんねえし、聞いてねえし、顔はだんだんキツくなってくるし、言ってもしょうがねえって思うことも大事じゃないの!?

モリオカ――当事者以下だよ、そんなの！

トモ――そんなことないよ！　オレは感情乱さないいんだもん！　親としゃべったからって感情動かないし、冷静だし、オレの考え方自体は、何も変わらないよ！

モリオカ――闘ってないってだけじゃないか！　それじゃあ、全く浸透しないよ！　浸透しない！　役目！　役目があるんだよ、われわれは！

トモ――わかってるよ！　だから今日これからだって集まりに行くんじゃないか！

モリオカ――バカッ！（トモをひっぱたく）

トモ――痛ッ。（と頬を押さえる）

モリオカ――暴力じゃないぞ、今のは。

トモ――……。

モリオカ――暴力じゃないって言ってみろ。

トモ――暴力じゃありません！

モリオカ――（ボタンに）お母さん……ボクはずっとおそれてました……。今にもあなたの口から「子供を産んだことのないあなたに何がわかるの」って言葉が出てくるんじゃないかと……。これ以上の当事者の傲慢はないと思っています。子供を産んだことのない!?　そんな言葉で何を言おうとするのでしょう。母親というものは！　子供を産んだことのないあなたに！　何がわかるの！　何がわかってるって言うんですか。そんな言葉を吐く母親は！　その差別意識は何ですか！　その言葉の前で、私は、全世界の子供を産まない女の人の側に立ちます！　そして息を吹きかけます。どうかそんな言葉が消えてなくなりますようにという願いを込めて。

トモ――モリオカさん、すいませんでした。

モリオカ――……。

トモ――闘ってなかったかもしれません、自分は母親と。

モリオカ――……。

トモ――いつも思ってたはずなんです。子供産みゃエラいのかって。やりたくてやった結果じゃねえかって。

ボタン――（トモにつかみかかって）何てこと言うの、あんたは！

キキ――母さん！　モリオカさん、先に行ってください。私、あとで――。

モリオカ――わかった。Bon, À tout à l'heure !〈じゃあ、あとで〉

ボタン――あ、英語！

モリオカ――英語？

キキ――英語でいいんです！

モリオカ――そうなの？

モリオカ、去る。

キキ――母さん……！　私行くね。

トモ――（まだボタンに足をつかまれてて）おい、ちょっと待ってくれ。すいません。放してください。

ボタン――……。

トモ――どうして放してくれないんですか？

ボタン――何かを失くしそうな気がする……。

トモ――失くしませんから！

キキ――行くね！

ボタン――キキ！

キキ――さようなら！

キキ、去る。

と、ボタン、トモの足を放す。

トモ――何なんですか……。

ボタン――母さんと呼んでごらん。

トモ――え？

ボタン――呼んでごらん。何かがわかるから。

トモ、去る。

ボタン――……。

遠くからバイオリンの音が聞こえる。

8

田崎家。
ふすまが開いて、スイレンが出てくる。
そして田崎が――。
田崎が閉めたふすまの音が乱暴で、

スイレン――（その音におびえた）……！
田崎――（興奮してるが、極力、おだやかに）……今さら、信じてもらえるわけはないだろう……。泣いて訴えたんじゃなかったか。「夫の病気を治すためにお金が必要だったんです」と……。
スイレン――……。
田崎――全部嘘だったんです。病に伏せってるはずの夫も実はいないんです。そう言うのか？（怒ったように）今さら、信じてもらえるわけないだろ！
スイレン――でも私は、そう言えって言われたから……。
田崎――誰に？

スイレン――あなたにです。

田崎――でも言ったのはおまえだ。そして私はそのおまえの言葉を信じた……。だから私はお金を出した！　おまえが盗んだ分の、おまえの夫の病気のために必要だった分のお金を、そっくり！

スイレン――私は結婚したことはない……。

田崎――だからそれは、信じてはもらえないって言ってるんだ……。

スイレン――なぜ、なぜ私だったんですか？

田崎――え？

スイレン――なぜ、私はあなたに選ばれてしまったのですか？

田崎――選ばれた？　まだわからないのか。私が選んだんじゃない……。おまえが選ばせたんだ……。

スイレン――……私は、自分が誰で、何を求めているのか、わからなくなっています……。ねえさんたちの前でしゃべる言葉は、ぜんぶ空々しく、でも、そうしかしゃべれなくて……。ただ、ただ、ねえさんたちの機嫌をそこなわないように、そのことだけが私が言葉を選ぶ根拠なんです……。

田崎――ああ。だから、私の前で、おまえはおまえであればいいんだ……。

スイレン――無理です……。もう……これ以上。

田崎、ふすまをあけて。

田崎――（スイレンに中に入るよう促す意味で）どれ……。

スイレン――（動かず）……。

田崎――え？

スイレン――来月、あなたの別荘に行くと言っていいですか？

田崎――何のために？

スイレン――クルーザー宴会がなくなった今、その時期に、おねえさんたちが働いている時に、私がお休みする理由が必要です。

田崎――何とでも言えばいい。

スイレン――いいえ、そう、理由！　それは私が私であるためのものです！

田崎――いいか。おまえは信用のおけない女なんだ。ああ、私がいなければ、ただの泥棒猫さ。誰もおまえの言葉など信用しない。

スイレン――（動く）

田崎――（ので）何だ？

スイレン――庭を見るんです。

田崎――……知ってるか。スイレンは花を咲かせると、夜に、その花びらが光るんだ。

スイレン——……どこにあるんですか、そのスイレンは。この庭のどこに？
田崎——……そういうことを言ってんじゃない。
スイレン——（歯形のあとを見て）……。

スズがあらわれる。

スズ——（二人を見て）……。
田崎——（スズを見る）
スズ——あの部屋の書類、どこまで処分すればいいのか、わからなかったものですから。

田崎、その部屋の方へ行く。

スズ——（スイレンを見ているが）……確かに人には、疲れるってことがあるらしい。
スイレン——……。
スズ——私ね、こういう結論に達したのよ。自分のこと考えすぎると疲れる。他人のことを考えると疲れは取れる。今は、そうね。疲れが取れ始めている……。あなたのこと考えるようにしたから。私、いったんこの家を離れることにしたのよ。もう自分の荷物はまとめてあるわ。

スイレン――……。

スズ――どうなの？　私があなたに優しくすれば、あなたにはそれが何か悪意からうまれたことのように思えるの？

スイレン、去ろうとするので、

スズ――ちょっと待ってよ……。（ちょっと笑いながら）受け止めて、私の赤裸々な告白。

スイレン――私、もう、ここに来るべきではないと思っています。

スズ――どうして？

スイレン――……。

スズ――警察が入りそうだから？

スイレン――いいえ……。

スズ、田崎の行った方を気にしてから、

スズ――この頃、面白いくらいよ。ああやって部屋の整理をしているあの人の様子。

スイレン――従うことは、そのまま喜びでした……。それが、例えば奥様にとって、どんなことになっていくのか、そんなことは考えられなかったんです……。だから、奥様のなさったことが優しさからか悪意からか、そんなことはどうでもよかったんです……。
スズ――お金のこと？　枯淡館のお金を私が盗んだこと？　この奥様が。
スイレン――……。
スズ――そういう意味では、奥様も同じね。私もあの人に従っただけ……。それが喜びだったかどうかはわからない……。お願い。座って。
スイレン――（座る）……。
スズ――雨が降ると、あの日のことを思い出す……。あなたの傘をもって、枯淡館の金庫室に入った時のこと……。そうか、喜びだったのかもね……。別荘には？　行くの？
スイレン――どうしたらいいですか？
スズ――（笑って）私に聞くの？
スイレン――わからないんです。私には……。私のことを決めてくれる人がいればそれでいいと思ってました……。

田崎が戻ってくる。

田崎――処分するものは、まとめておいたから。

スズ――あ、ハイ。

離れに明かりが灯る。

田崎――(ので)いたのか、太一は。

スズ――そうですね……。

田崎――出かけてるって言ったじゃないか。

スズ――いつ戻られたんでしょう。

スイレン――私……。

帰ろうとするスイレン。

田崎――待て。

スイレン――……。

田崎――食事がしたい……四人で。

スズ――……。

田崎――（太一を）呼んで来てくれ。

スズ、離れに行く。

田崎――座ればいい。

スイレン――（座る）

田崎――そう。食事をな……食卓を囲むというやつだ。

スズ――（離れの中に）太一さん……お父様が……。

田崎――（機嫌よさげに）おいおい、お父様がって何だ……。母親として呼ぶことは出来んのか。だって、食事をしようって言ってんだぞ。（太一が出てきたようで）ホラ。お父様が呼んだことになってしまった……！

太一、離れから廊下へ。

田崎――なんだ、寝てたのか？

太一――いや……。

田崎――そうか……ま、こっちに。

スズ――みんなで食事をしましょうって。
田崎――（スイレンを）紹介するまでもないだろう。スイレンといって――。
太一――わかってるよ。
田崎――（スイレンに）あんなこと言われてるぞ。ハハハ。
スイレン――……。
スズ――めずらしいこともあるもんですね。
田崎――みんなで食事？
スズ――ええ。
田崎――だけどホラ。今日はお客様いるから。
スズ――じゃあ私、何かつくりましょう。何がいいですか？（立つ）
田崎――待て、待て。座れよ。おとなしく！　すぐそうやって！　潤滑油が必要！　人と人の間には！
太一――何はしゃいでるんだよ。
田崎――はしゃいでる！　私が？……（急に白けて）……（スズに）はしゃいでるのか、私は？
スズ――わりと。
田崎――……。
スズ――（太一に）そういえば、こないだの、ホラ、『アンナ・カレーニナ』、受けたの。読書会で。

私、慎重に、オチまでもっていったのよ。ホラ、あれ、誰がつくったカレーかってとこで、誰かを傷つける可能性があるでしょ？　そこらへんも慎重にね。

太一――（少し笑う）……。

田崎――え、何？

スズ――こっちの話ですよ。

田崎――……。

スズ――（スイレンに）誰かのうちでカレーをごちそうになったことある？

スイレン――（ちょっと考えて）ああ、ハイ。たぶん。

スズ――たぶんじゃなくてあるわよ。なきゃダメ！　それ、おいしかった？

スイレン――（首をひねる）……。

太一――おいしかったんだよ。

スイレン――そうですか。あ、じゃあ、ハイ。おいしかったです。

スズ――そのごちそうしてくれた人ってさ、何て言うのかな、すごく自慢ぐせのある人でさ……。あ、ちょっと待って。別においしくなくてもいいのよね。おいしかったってのが嘘だったらいいわけだから。そうそう、いいのよ、嘘でも。でも、口ではそう言わなきゃならない、おいしかった！って。で、あなた自身もその人の自慢グセがあんまり好きではないのよ。

田崎――（怒って）何の話をしてるんだ!!
太一――（同じく）カレーの話だよ!!
田崎――カレー？
太一――説明してやるよ！　あんたがカレーをつくってやったんだよ。この人（スイレン）に！　この人が「おいしかった」って言うから、舌づつみを打ったとまで言うから、オレたちが口をそろえて言うんだよ、「あんなカレーにな」って！
スズ――（受けて笑う）ハハハ…。
田崎――……。
スイレン――……。
田崎――え？
スズ――アンナ・カレーニナって小説があるんですよ……。（しかし説明しても、あまり面白くないような気がしてきた）……。
田崎――（怒って）小説があって、何だ!!
スズ――……。
スイレン――（わかって、少し笑う）フフ……。
スズ――遅い、遅い。
田崎――食事にする……。今日はカレーだ。

スズ――（準備すべく）どれ――。
田崎――何だ？
スズ――準備を。
田崎――出来てるよ、もう。
スズ――え？
田崎――ここに並んでる……ホラ、スプーンだ……（と一人ずつ配る）……サラダは、このフォークで取り分けてくれ。

皆、その無対象に「……」。

田崎――（スズに）おい、福神漬けは？
スズ――……。
太一――そこにあるじゃないか。
田崎――（合わせてくれたことに、ちょっと嬉しくなって）あ……ここか。道は近きにあり、だ……。しかして、迷える者は、これを遠きに求む、と……。
太一――いいのかよ、食べて。
田崎――確認しようぜ。ここ、サラダ。とり皿がそれぞれにある……。これ、福神漬け。飲み物は、ここらへんにあるから各自な。おい、おい。もう食べてるよ。

太一――（無対象で食べている）……。

田崎――うん。おいしそうだ……。（女たちに）さ、さ、いただこう。いただきます。

田崎も、無対象で食べ始める。
スズも、スイレンも。
しばし、皆、黙々と。

田崎――……静かだ……。

スズ――嘘のようです。

田崎――何が？　静かなのが？

スズ――ええ……。

田崎――（スイレンに）どうだ？　おいしいか。

スイレン――……。

田崎――（他の者に）まずいらしいぞ。

スイレン――おいしいです……！

田崎――ハハ……今のは……何だ。何て言えばいいんだ……反逆だ。（スイレンに）そうだろ？

反逆ののろしだ。

太一――なわけないだろ。「まずいらしいぞ」って言うから、「おいしいです」って言っただけじゃないか。

田崎――……。

太一――だいたい、決めたのがおかしいだろ。「まずいらしいぞ」って！　何も言ってないんだから！

田崎――だけど、聞きたくなったんだ……。

太一――聞くのはいいよ。決めたのがよくないって言ってんだよ！

田崎――何も言わないからさ。

太一――何も言わなきゃ否定の意味になるのかよ！

田崎――……。

太一――弱味があるからだよ。そうやって、何か言ってもらわなきゃ気が済まないのは。

田崎――誰がつくったんだよ。このカレーは！　スズだろ！　なんでオレに弱味があるんだよ！

太一――今！　この場で！　誰がつくったかなんて関係ねえよ！

スズ――太一くん……！

太一――……。

田崎――今……この場で……。

スズ――あなた……。
田崎――……。
スズ――（スイレンに）いい迷惑よね。おいしいですって言っただけなのに……。あれ？　にんじん、キライ？
スイレン――あ、これはたまたま。
スズ――あ、たまたま、端に寄ってるのね……。
スイレン――（それを食べる様子）
スズ――ハハハ、何も、だからって急に……。わッ、そでに！（と自分のそでにカレーがついた様子）すっちゃお！（そでを口にふくみ、カレーがついたのをとる様子）
田崎――（女二人を見て）……。
太一――（同じく）……。
スズ――（スイレンに）とれた？
スイレン――ハイ。大丈夫です。

また、黙々と食べ出す四人。

太一――いつ来るの？

スズ――何が？
太一――警察だよ。
スズ――……。
田崎――福神漬け。（とって）
スズ――あ、ハイ。
田崎――子供の頃、デパートの食堂でカレーを食べた……。その時、初めて福神漬けというものを知った……。こんなおいしいものがあるのかと思った……。それから家でカレーが出るたびに、私は、いやおふくろは私のカレーに福神漬けを添えてくれるようになったんだ……。
太一――いつまでいられるんだ、ここに……。
スズ――そんなたいそうなことでもないでしょう。
田崎――聞いてるのか？　私が初めて福神漬けを食べた時のことをしゃべってるんだ。
スズ――デパートの食堂でね。
田崎――ああ。そのデパートは、私が初めて、エスカレーターというものに乗ったところでもあるんだ。あの、階段が電動で、ズン、ズン、ズンて。登ったり降りたり……。今!?　今乗るの!?　今降りるの!?　なんつってな。ハハハ……。（スイレンに）知ってるだろ？エスカレーター。

スイレン――ええ。
田崎――そう。いつの間にか知っていくんだよなあ……。（太一に）なんだ、もう食べ終わったのか？

太一、庭の方へ行く。

田崎――（スズに）デザートは？　あるんだろ、デザートが。おっ、あった……。これは、選ぶようになってるのか。ババロア、レアチーズケーキ、洋梨のシャーベット、あと……（考えて）……だんご。ホラ、どれか好きなの。
太一――デパート……（と鼻で笑って）……親の昔の話なんか聞きなくはないなあ……。だったら仕事は見つからないのかって怒ってくれた方がまだいいよ。
田崎――……。
太一――あれ？　スズさんじゃなかったっけ。男たちがケンカをし、女たちが仲良くなろうとする。これは戦争の様子だって言ったの……。だから、男と女がケンカしてる間はまだ大丈夫だって。
スズ――……。
太一――ってことはさ。オレはどっかで戦争を求めてるのかなあ……。いや、さっき、オレとおやじがケンカしてる時さ、あなたたち女が仲良さげにカレーがここについたとか言い合ってたでしょ？　それって偽善じゃないですか。

スズ――偽善なんかじゃないわ。

太一――いや、偽善てことにしといてください。別に悪いとかそういうこと言おうとしてませんから。ええっと、何を言おうとしてたんだっけな……。そう……。偽善が分布。あ、地図の分布ですね。偽善が分布されてるんですね。戦争というものには。誰かが赤いマーカーでしるしをつけるんですよ。そして横に《必要》と書くんです。

スイレン――どうして戦争のことなんか言うんですか？

太一――え？　どうして？

スイレン――誰も戦争なんか求めてないのに。

太一――求めてない。なるほど。でもいたるところ戦争じゃないですか。現にあのジープの連中は戦争をしたがっている。

スイレン――ちがいます。戦争をしたがってるんじゃない。認めてもらえないだけです。自分たちが生きてるってことを、認めて欲しいだけです！

太一――だからそこには無理があるでしょう？　われわれが知り合える人間には限度がある！　全部の人間を認めることなんか出来ないじゃないですか！

スイレン――いいえ！　少なくとも認めないって表情、振る舞いを、やめて欲しいだけです！　やめればいいんです！

太一——いいや。もっと違うところから生まれるはずだ、戦争は！

急に二人は、大人二人の視線を感じて口をつぐむ。

逆に急に無対象カレーを食べ出す田崎とスズ。

スズ——あ、そうだ！（と立ち上がる）

田崎——何？

スズ——ええっと、そう、水が。あ、ここか。入れてこなきゃ。

とひっこむ。

田崎——だったら、あそうだじゃないだろ……。ここにあるんだから（と独り言のよう）……（そして急に立ち上がり、スズの方に向かって）おーい！　もう水はいらないぞ！

スズ——（出てきて）そうですか……。

田崎——だいたい、何もないんだ。はじめっから！

スズ——じゃあ、本物持ってきますか？

田崎——……何だって？

スズ――水。本物。

田崎――……どういう了簡だ……。

スズ――どういうって……。

いずこからか、バイオリンの音が――。

太一――（スズに）どうなんですか。ここまで弱気になった夫のことを見る妻の気持ちと言うものは。

スズ――（田崎に）弱気なんですか？

太一――父親が残してくれた財産を、いっぺんに失くしてしまいそうだ……そこで罪のない子供の頃の話を思い出す。オレは何も悪くない……きわどい正当化の道ですよ。

田崎――おまえ、探偵にでもなりゃよかったんじゃないか？　いや、今からでも遅くはないぞ。

太一――で？　田崎昭一郎の悪業をあばくんですか？

田崎――悪業!?　どんな!?

太一――身近なところからいきますか？　この人（スイレン）を盗っ人に仕立てた！　自分の妻（スズ）を使って！

田崎――悪業……。（スイレンに）悪業なのか。私はおまえに悪業を働いたのか!?

スイレン――……。

田崎――さっき、何て言った？　そう、認めて欲しい……自分が生きてるってことを認めて欲しかっただけじゃないのか!?　お金が必要だって自分が、そこで生きてるってことをみんなに知らせるために、必要なことだったんじゃないのか!?

スイレン――わかりません……。

田崎――わからない!?

スイレン――そうした方が、おまえは美しくなるって言われたから、だから私は……。

太一――美しくなる……！（あきれたように）ハハー。美しくなる！　金の無い人間があがき、もがき苦しんでる姿を見たいだけじゃないのか!?　それを美しいと、あんたは言ったんだ！　ずっとそうやって生きてきたんだ！

スイレン――ちがうわ……私は私のことがわからなかっただけです。救ってくれたんです！　救ってもらったんです、私は！　人のものを盗む！　それがそれまでの私だったから、私はそんな生き方をしてきたから！

太一――それまでの私？

スイレン――……。

太一――それまでの私!?

玄関の呼び鈴。

スイレン――……盗んだ私を、私が、見つかって、私は傘で殴りかかろうとしました……。雨が降っていたんです……。連れていかれそうになったから……傘で……その傘をつかんでくれたのが……あなたのお父様だったんです……。私は、行くところがありませんでした……。

スズが戻ってくる。

スズ――枯淡館のご主人が。

田崎――どこに？

スズ、玄関の方を見る。

田崎、そっちへ行く。

9

ジュリエット通り。
主人が立っている。
田崎が出てくる。

田崎——うん……。
主人——警察は、さっき、引きあげました。
田崎——何だって？
主人——当面の営業をつつしむようにと。
田崎——そう……。
主人——しょうがない。「ハイ」とは返事しておきましたけど。そのまま田崎さんちに入っていくんじゃないかと、ここまで見送ったんですが、そのまま、向こうに。
田崎——（枯淡館を指して）どうしてんの、みんな。
主人——いや……、ただ、今、ウエダさんが来てて……。例によって、ダリヤが……。（田崎の方を見て）ん？　スズさんは？

田崎――……。（も、自宅の方を見て）
主人――家を出るって聞きましたけど。
田崎――誰に？
主人――サクラです。
田崎――あ、そう……。
主人――サクラがどうも……。（問題ありそうで）
田崎――……。
主人――あの子、スズさんと仲良いでしょ？
田崎――うーん……。
主人――だからね、スズさんの方で何か御存知のことがあるんじゃないかと。

ここに登志子が出てきて、

登志子――あら、田崎さん。
田崎――うん。
登志子――（主人に）戻ってこないから、連れていかれてんじゃないかと思って……。
主人――んなこたないよ。

登志子——戻ってよ。（枯淡館の方を振り返るようにして）フフフ……。

田崎——何？

登志子——いえね、あのウエダさん、ホラ、ヤエシマさんのクルーザー宴会。なくなったでしょ、例の逮捕騒ぎで。かわりに、山小屋パーティーでも開いてやろうかって……。（一人で受けて）山小屋パーティーって。

主人——何がおかしいんだ？

登志子——何がって……山小屋パーティーってあの人が言うから……。

主人——戻るから。

登志子——そう。ウエダさんも、旦那はどこ行った？って言ってらしたから、じゃあ、田崎さん。（と軽く頭を下げて）

枯淡館に戻ってゆく。

田崎——（登志子の）口紅、濃くないか？

主人——ああ……。

田崎——いつもあんなだっけ？

主人——言うと、つっかかるから……。

田崎――あ、そ。

主人――ホラ、この消毒液のにおいも……うちの商売が原因だとか言われて……。そんなわけないでしょ。

田崎――誰が言ってんの。

主人――それは、あの区役所の……いや、こっちから言いに行ったんですよ。何とかならないかって……。そしたら……。

スズが出てくる。

主人――あ、スズさん……。（と頭を下げる）

スズ――（においのこと）あ、また！　ついつい忘れてる……。気持ちのいい空気でひと呼吸なんて思って、出てくると、あそうか、このにおい！って。

主人――あれ？　今からお出かけ？

スズ――ええ。ちょっと読書会に。しばらくここらへん離れてみようかって思ってますので。メンバーにはお別れの意味もあって。

主人――ああ、なんかそんなことを……。

スズ――え、そんなことって？

主人――いや、その、離れようかって……。

スズ――ああ。ハイ、ハイ。心しずかに書き物でもしようかと思ってるの。ちょっと待って。どうして御存知なの？　私がここを出て行こうかなんて思ってることを。

田崎――私が言ったんだよ。

スズ――へぇ……。

主人――書き物か……。小説とか？

スズ――何でしょうね……。私、証言者になりたいの……。思うのよ。例えばこれから行く読書会、メンバーが20人ほどいますけど。仮に、仮によ。そこに一人の無法者がいて、メンバーを皆殺しにするとするでしょ？　でも、その中にね、一人だけは死なない人間がいるべきで、それは、そのメンバーのその日の集まりからのことを、何て言うの？　ちゃんと見ていた人間。メンバーが殺される前に、どんな状況、状態であったかを証言出来る人間。その人は殺されちゃダメだって思うの……。私はその一人になりたいのよ。ええ、その一人にね……。もちろん、今日の読書会にそんなことあるわけないけど。

主人――へぇ……。証言者か……。

スズ――クルーザー宴会がなくなったのが私、残念で……。だって、ヤエシマさんが逮捕されるなんて思わないから……。

主人――出し物、考えてくれてたらしいね。

スズ――……（田崎に）今日は私、ちょっと遅くなりますから。（主人に）では――。

　　スズ、通りの向こうへ――。

主人――（苦笑いで）……皆殺しって……。
田崎――菅野さん。
主人――え？
田崎――カズタ町まで出かけることはない？
主人――カズタ町……。いや、特には。
田崎――あそこの駅前の商店街でヒデコが洋服屋をやってる……。
主人――ああ、前の奥さん。
田崎――うん。何か用事つくって、一度訪ねてみてくれないか？
主人――……。
田崎――いやいや……。世間話のひとつもしてくれりゃそれでいいんだ……。で、どんな様子だったか、それを私に話してくれりゃ……。
主人――……。
田崎――太一のこと聞いてくるようだったら、仲良くやってるみたいだとかさ……。あ、そうだ。

女の子の服を見に来たとかで行けるじゃない。

主人――まあ、理由は何とでもなるよ。

田崎――向こうの方の土地は、全部、あいつのものになってるんだ……。まさか、向こうの方までひっかきまわしゃしないだろうけど……。

主人――え？　こっちの土地は？

田崎――法律ひとつかえるのなんざわけもないとかぬかすんだ……。

主人――その、政治献金て話は……。

田崎――うん。額がでかいから、小分けするのもなかなか大変で……。

主人――……。

田崎――あとは、工場で働いてる人間たちを不安におとし入れるのが、あいつのねらいだろう。

主人――……。

田崎――（少し笑って）おたくの登志子さんの口紅が昔っからああだったらどうするよ。今にかぎって、私に濃く見えるんだとしたら？

主人――いやいや、確かに濃いんですよ。この頃。

田崎――その確かにってのがさ……。この通りにしたって。あれ、この壁の色、昔っからこんなだった？ってなもんだろ。

主人――（枯淡館の方を振り返って）あ、戻った方がいいな……。ヒデコさんのとこ、顔出してみます。

主人、枯淡館に入ってゆく。

田崎――……。

と、人の気配がするので、物かげに隠れる田崎。
通りの向こうから来たのは、モリオカとトモ。
血相変えてるモリオカをトモが鎮めようとしている感じ。

トモ――モリオカさん！
モリオカ――放せ！
トモ――……。
モリオカ――心配するな。中までは入っていかん！　ここで待つ！
トモ――時間をおいた方が……。
モリオカ――同じことだろう。それで問題がいい方向に向かうとも思えん。
トモ――ウエダさん、ああいう人ですから。
モリオカ――どういう人なんだ？
トモ――熱しやすい……というか……。

モリオカ――熱しやすい……ちがうな……。はっきり考え方のちがいだ。
トモ――ちがうのかな……。
モリオカ――オレは政治ではどうにもならないってことを言ってるんだ。
トモ――だからそれはウエダさんも――。
モリオカ――あの人は、今の政治ではって言ってる。そして、新しい政治をと言う。政治という限り、新しいものはないとオレは言ってるんだ！　そんなことは、歴史が証明してるじゃないか！
トモ――うーん……。
モリオカ――トモ……。オレは……パリに行く……。
トモ――え？
モリオカ――ジープに乗っても、集会に出ても閉塞感しか感じない……。
トモ――モリオカさんいなくなったら、オレどうすればいいんスか!?
モリオカ――……。
トモ――え……、キキは？
モリオカ――オレは、彼女に、もうちょっと太ることをすすめた……。
トモ――え？
モリオカ――社会のぜい肉は、女のここ（ウエスト）に受けもってもらうしかない……。フフフ。これはな、サン＝ドニという町で、立ちんぼしてた女に聞いたことだ……。いいおばさんだった……。「ぜい肉ちょうだい。ぜい肉ちょうだい」って言うんだ。ハハハ。Donne-moi de ton gras.〈ぜい肉ちょうだい……〉

通りの向こうにキキの姿。
それを見たモリオカとトモ。

トモ――モリオカさん、オレに、オレにウエダさん、説得させてくれませんか。
モリオカ――説得？
トモ――あの人に、モリオカさんのこと、ちゃんとわかって欲しいんですよ。オレがここで待ちますから！
モリオカ――ちょっと待っててくれ。

モリオカ、キキの方へ。
そして、二人、通りの向こうへ。

トモ――……。

田崎が出てくる。

トモ――あれ……太一の……。
田崎――……。
トモ――どこにいたんスか？
田崎――楽しいか？
トモ――何が？
田崎――ジープに乗ることは。
トモ――……。
田崎――え？
トモ――楽しいとか、そういうことで乗ってませんから。
田崎――じゃあ、どういうことで……。
トモ――……。
田崎――いや、わかりたいだけだ。
トモ――必要だから……そういう自分の生き方を見せることが。
田崎――必要？　どうして？
トモ――知らないで生きることは、卑怯だから。

田崎――卑怯!? 何が基準なんだ、それは。
トモ――基準?
田崎――だって、何かに対して、卑怯だって言うんだろ?
トモ――だから、知らないでいることが! 知ってることに対して!
田崎――知ってる!? 誰が何を知ってるって言うんだ?
トモ――……。
田崎――その前に、見せる? 自分の生き方を? そりゃどういうことなんだ? ホントに必要なことなのか? それは!
トモ――(照れたように)こわいな……。
田崎――逃げるなよ。
トモ――逃げてやしねえよ。
田崎――(近づく)……。
トモ――(遠ざかろうとする)……向こうに行ってくれよ。
田崎――(近づきながら)これが私の生き方だったらどうする? こういう生き方を私があんたに見せてるんだとしたら。
トモ――あんた犯罪者なんだから、そんなこと言う権利ないよ。
田崎――犯罪者?

いつしか太一が、家の外塀にそったあたりから、二人のことを見ている。

トモ——ああ。あんた、ここらへんを自分の思いどおりにしようとして、政治家に金をバラまいたんだ!

トモ、去る。

田崎——……。

田崎、家の中に入ってゆく。
その背中を見るように、通りに出てきた太一。

太一——……。

聞こえてくるバイオリンの音。
その太一のまわりで風景が歪んでいく。
その歪んだ風景の中に立っていたダリヤ。

うらぶれた服装である。

太一――誰だ？

ダリヤ――……。

太一――裸足じゃないか。

ダリヤ――欲しかったら、あげるよ。

太一――何を？

ダリヤ――私をさ。

太一――……。

ダリヤ――イヤかい？　こんな私じゃイヤかい？

太一――どうしたんだ。こんなところで。

ダリヤ――うん。ちょっとね……。

太一――え？

ダリヤ――あんたに会えたから、もういいよ。（と太一の手をとり）ああ、キレいな手。

太一――あ、いや……。（と手をはなし）

ダリヤ――フフフ……。

太一――いや、笑うとこじゃないぞ。確かダリヤとか言ったな。どうして中に入らない？

ダリヤ――入口がどこかわかんなくなったんだよ。

　　確かにわからない状態の枯淡館。

太一――（それを見て）……。

ダリヤ――あんた、タバコ吸う？　よかったらこれ。（とライターを出し）ホラ。（と火をつけようとするが、つかない）あれ……あれ。

太一――いや、タバコは吸わない。

ダリヤ――どうしたんだろう、火が……。

太一――ガスがきれてんだよ。

ダリヤ――そうだね。きっとそうだね。

太一――（ダリヤをじっと見る）

ダリヤ――（ので）え？

太一――あんただったら、知ってるんじゃないのか？

ダリヤ――何を？

太一――ジュリエットと呼ばれた女のこと……。いたんだろ？　そういう女が？

ダリヤ――ジュリエット……ああ……。

太一——知ってるのか？

ダリヤ——会ったことはないよ。でも聞いたことはある。

太一——話してみてくれ。

ダリヤ——ええっと……、どんな話だったかね……。

太一——お金を盗んだんだろ⁉　男のために！

ダリヤ——ああ、うん。そう……。

太一——どっかの会社の寮だったんだよ、ここがまだ！

ダリヤ——うん……。

太一——（ふと）……なぜ裸足なんだ？

ダリヤ——（そのことを）フフフ……。

太一——（笑うことを）え？

ダリヤ——……忘れてたよ。靴をはくんだったね、外に出る時は。

太一——……。

ダリヤ——ジュリエット……ああ、思い出した……。思い出したよ……。恋をしたのさ……、うん。
ジュリエットは恋をした……。

太一——誰に？

ダリヤ——誰……ウエダ？　そんな名前じゃなかった？

太一——ちがう！
ダリヤ——（耳を押さえて、おびえ）……キライだよ、怒鳴る男は……。
太一——貧乏な男だ……。男には金が無かった……だから！
ダリヤ——（空を見て）あ……月だ。月が出てる……。ホラ、月が出てるよ。
太一——（見て）……。
ダリヤ——いいことがあるんだよ。月が出るとね、私にはいいことがある……。昔っから。そうなんだよ……。（月に近づこうとするかのよう）……フフフ……。

太一は、今さらのように歪んだ風景を見ている。

ダリヤ——（その太一に）寂しいの？
太一——……。
ダリヤ——私の胸にホラ。
太一——（ちょっと避ける）
ダリヤ——バカだね。お金なんかいらないよ。
太一——（片方の靴を脱いで）これ、履きなよ。
ダリヤ——いいよ、私は。だって、あんた。

太一――両方あげると、オレが裸足になってしまう……。そうなると、あんたがオレに言うだろ。

ダリヤ――どうして裸足なの?って?

太一――ああ……。

ダリヤ――でも、片方だと、よけい変じゃない? 誰かに見られた時にさ。

太一――裸足よりマシだって言えばいい。

ダリヤ――……優しいんだね。

太一――裸足の女を見たくないだけだ。

ダリヤ――そんなに優しいんじゃ、あんたに優しくしてもらいたくて、女がみんな、裸足で外を歩くようになるよ。

太一――ホラ、履きなって!

ダリヤ――……。(うるんだ目で太一を見る)

太一――何?

ダリヤ――ね。いいことがあるだろ? 月が出たからだよ。(履いて)履いたよ……。

太一――……。

ダリヤ――(お互い片靴であることを)ハハハ……。

太一――(少し笑う)フフフ……。

ダリヤ――(片靴であることを確認しつつ歩いて)いいね!(何か歌いながら、片靴であることを楽しんで)ね!

太一——ああ、変じゃない。普通だよ！　ね。これが普通なんだよ！

ダリヤ、嬉しさのあまり、太一をつきとばす。

太一——な、何だよ！
ダリヤ——あ、ごめん！
太一——痛ぇじゃねえか！
ダリヤ——今、体が、この手が、勝手に！
太一——自分の手ぐらい、自分で操作しろよ！
ダリヤ——怒られちゃった！　怒られちゃったよお……！（と嬉しそう）
太一——怒るだろ、普通！
ダリヤ——ああ、お月様！

太一は、太一で、片靴であることをやっぱり具合が悪いと……。

ダリヤ——どうしたの？

太一――（ダリヤを見る）

ダリヤ――一転、冷ややかな目！

太一――別荘に行かせちゃダメだ……！

ダリヤ――え？

太一――あいつは死のうとしてる……！　一緒に死ぬつもりだ……！

ダリヤ――誰が？

太一、行こうとするが、行く手をはばむかのような、風景の歪み。

太一――いや……思い過ごしか？　何だ、あの福神漬け。エスカレーター……！　オレにもあるさ。あれは小学校の頃か？　母親がどっか旅行に行くって前の日、新聞の広告の紙の裏に、エンピツでオレの似顔絵を描いた……。なにげなくだ……。絵なんか描くような人じゃなかった……。初めて見た。母親の絵を……。オレは、これを最後に、もう母に会えないんじゃないかと思った……。

ダリヤ――誰が死ぬって？

太一――（目の前にダリヤがいることに気づいたように）……オレのことを優しい男なんて言わないでくれ……。その言葉が真実だったためしはない！

歪みの隙間に入ってゆく太一。
それを追うダリヤ。
と、歪みが、さらに様相を変え、ウエダが、そこに。
なぜかバイオリンケースを持っている。（キキのもの）
つづいて出てきたのは、サクラ。

ウエダ――（歯をシーシーいわせて）どうも、歯にひっかかったものが。
サクラ――（鼻で笑う）
ウエダ――（ので）何？
サクラ――ううん。
ウエダ――お願いがある。
サクラ――いやですよ。吸い出してくれなんて。
ウエダ――バカな……。（ひとりごとのように）バカな、バカな、バカな……ええっと……。忘れてしまったじゃないか。変なこと言うから。
サクラ――じゃあ、たいしたことでもなかったんでしょう。
ウエダ――（持っているバイオリンケースを見て）とりあえず、これ。

それをサクラに渡す。

サクラ――(持って)……。

ウエダ――口数が少ないな、今日は。

サクラ――そうですか？　自分じゃ気付いてないけど……。

ウエダ――変な考えは起こさない方がいいぞ。

サクラ――変な考え？　どんな？

ウエダ――オレの口から言うこともないだろう。

間。

ウエダ――どうなんだ。被害者は男なのか？　女なのか？

サクラ――え？

ウエダ――そのことを考えてるんじゃないのか？

サクラ――被害者？　何の？

ウエダ――何のじゃないよ。あまねく人の世の……その、争いごとの顛末のさ。

サクラ――(鼻で笑う)フン……。

ウエダ――何だ、今のは。
サクラ――そんなこと考えてませんよ。
ウエダ――おまえ、やせたな。
サクラ――そうですか……。
ウエダ――（いきなり怒って）はっきりしろ！　やせたのか⁉
サクラ――（反射的に強く）わからないわよ！　体重計にのってないし！
ウエダ――教えてやろう。被害者は男だ。女たちが、男を被害者にしてゆくんだ。
サクラ――何ですか、それ。
ウエダ――そうやって、鼻で笑うから！　男たちは他の男と争うしかなくなるんだ。
サクラ――さもなくば、女を殺すしかないですか？
ウエダ――物騒なことを……！
サクラ――お金で買えばいいんですよ。私を！　買われれば、私は従順にお仕えしますわよ！
ウエダ――そう言われてから金を出す男の身にもなれ。（サクラをうしろから抱くようにして）
サクラ――……。
ウエダ――女将の方はなびいてくれた……。あとは、あの太っちょの旦那の考え方をちょっと変えればいいだけのことだろ？　ああ、金がすべてさ。その金を使うか、金に使われるか、それだけのちがいだ……。

サクラ――……。
ウエダ――亭主とは、別れてくれるんだろ？
サクラ――……。
ウエダ――どうした？　返事は？
サクラ――あなた、奥さんとは別れてくれるの？
ウエダ――そこ、きたか……。（離れて）
サクラ――え？
ウエダ――考えてる、そのことは。
サクラ――どう？
ウエダ――どういう道筋をたどればその、ちゃんと、そういう形に、アレするかと……。ううんと、そうだよ！　その前に、一帯の土地を巻き上げることだろ！　あの田崎の土地を！　てもう、ほとんど準備段階に入ってるわけだけどな……。
サクラ――ならば、その道筋とやらを考えるべき時でしょ？　奥さんとの。
ウエダ――道筋？　ああ、道筋な……。
サクラ――この頃ね、どういうわけか、お母さん……女将のことが、カンにさわるの。
ウエダ――ん？
サクラ――《流浪館》に吸収されるからって言葉を真に受けて。

ウエダ――真に受けてって何だよ。実際吸収合併じゃないか。
サクラ――あの口紅の色よ！（と言った時、そこらに、ライターを見つけ）……これは……ダリヤねえさんの……。ホントに落ちてた……。（ウエダに示すようにして）何のお知らせ？
ウエダ――（あたりを見回す）……。
サクラ――（それを笑って）ハハハ。
ウエダ――何？
サクラ――こっちよ、ホラ！

歪んだ風景の中から娼婦たちがあらわれ踊りながら、ウエダを取り巻くよう。
セットは、枯淡館になってゆく。

10

スイレンが椅子に座っている。
その脇で、主人と登志子が――。

登志子――知ってた!? 知ってた!?
主人――ああ……!
登志子――どういうこと? 説明して!
主人――田崎さんがそうしたいって言うから。オレは、それに従っただけのことだ!
登志子――私に相談もなしに!?
主人――ああ、そうだよ!
登志子――あきれた……!
主人――だって、ここは! 田崎さんがここの土地を貸して下さってるから、だから営業出来てるんだぞ。ちがうのか?
登志子――ちがわないわよ。
主人――ったく……。

登志子――（スイレンを見て）金が無いってわりに、よく休むと思ってたのよ…。じゃあ何!?　あんた、うちのおかかえじゃなくて田崎さんのめかけだったって言うの!?

スイレン――すいません……。

登志子――すいませんじゃないわよ。まったく。

主人――私らは、田崎さんに恩義がある……。それは、このスイレンだってそうだ。

登志子――いいわよ、もう。（スイレンに）で、どうするの？　行けるの？　流浪館の方に。

主人――……。

スイレン――でも、私は田崎さんに買われてる身ですから。

登志子――（鼻で笑って）あのね、その田崎さんも、じき、あんたを買った田崎さんじゃなくなるんだから。

スイレン――それでも、田崎さんは田崎さんです。

登志子――何だって？　田崎さんは田崎さん？

主人――そうだよ。田崎さんは――。

登志子――（主人をとどめて）ちょっと！（スイレンをしみじみ見て）この子は……。あんた、田崎さんにホレてるね？

スイレン――……。

登志子――ホレたんだよ！　ハハハ。買われてホレて！　立派なもんだよ！　ハハハ。

主人――情だよ。情がうつるんだよ！　それが人間てもんじゃないか！
登志子――情？　なるほど。情事ってくらいだからね。
スイレン――ですから、その流浪館の話は私、お断りさせていただきたいです。
登志子――ですからじゃないよ。あんたにそんな勝手なこと言われてたまるもんか。もうウエダさん、いらっしゃるから。
主人――登志子。
登志子――え？
主人――おまえには、今まで大切にしてきたもの、これからも大切にしていきたいもの、そういうものはないのか？
登志子――え？
主人――人と人とのつながり！　絆だよ。
登志子――何言ってんの？
主人――人を信じられなくなったら、人間おしまいじゃないか！
登志子――寝言！　そういう寝言を言ってるからね、あんたはいつまでたってもフレッシュな人間関係が築けないんだよ！
主人――フレッシュ？　どこで覚えた？　そんな言葉！　ウエダか!?　ウエダの口から出た言葉か？

登志子――歯磨き粉にだって書いてあるわよフレッシュぐらい！

スイレン――お父さん、お母さん、私のせいでケンカなんかしないで下さい……。私のせいで……

（頭を押さえる）

主人――ん？　どうした？

スイレン――頭が……、頭が痛いんです……。いえ、大丈夫です。すぐにおさまりますから……。

主人――（優しく）そうか……。ちょっと声がアレだったな……。キンキン……うん。

スイレン――すぐに……ええ。

主人――（スイレンの腕に歯形のあとを見て）ん？　これは……。

スイレン――（さりげなく隠し）いいえ、これは……。

登志子――何？

スイレン――何でもないんです。

主人――……。

スイレン――はじめてここで、お二人に会った時、お父さん、お母さんて呼んでいいよ、って言われて、私、嬉しかった……。それから、おねえさんたちを紹介されて……。そのおねえさんたちも、お父さん、お母さんて呼んでた……。一緒だと思った……。お父さんもお母さんも笑ってた……。そこで。

主人――そうか、ハハハ……。

ウエダがあがってくる。

登志子――あ、ウエダさん。
ウエダ――早すぎたかな。
登志子――そんなことありませんよ。さ、どうぞ、どうぞ。あんた、お茶！
ウエダ――いいよ、いいよ。もらっていいよ。なんてな。ハハハ。
登志子――ハハハ。ホラ！　あんた！

主人、お茶を入れる。

ウエダ――（スイレンを見て）うん……。いいね……。上玉だ……。下卑てるかな、表現が。
登志子――上玉。そのとおりですよ。
ウエダ――（部屋を見回し、調度品が減ってるのを見て）うん……。ここも、いろいろ整理しといた方がいいだろうな……。
登志子――ハイ……。
ウエダ――（登志子に、スイレンのことを）ちょっとこっち向かせてよ。あっち向いてるし。
登志子――あ、ハイ。スイレン！　ホラ、こっち向いてごらん。

スイレン、ウエダの方を向く。

ウエダ――ハイ、ハイ、ハイ、ハイ……。OK。OK……。よだれ、イズ、ゴーイングトゥード
ロップ。なんつってな。ハハハ。

登志子――（主人に）まだ？

主人――今、いれてるよ。

ウエダ――おうびっくりした。「まだ？」って。オレ、何を急がされてるんだろうと思ったよ。

登志子――あ、お茶のことです。

ウエダ――今はわかってるけど、当時はさ。当時って、たった今のことだけど。

主人――お茶です。

ウエダ――（主人の手首をつかんで）！

主人――（つかまれて）……！

ウエダ――まだ？って、私も言われてるんですよ御主人……。上の方に……。大事にしてるYシャ
ツについたシミのように、この一帯の色のその……なじまなさがね……。このウエダの
リスポンシビリティ、責任になっていて……。どうにもこうにも、私としても、シミを
落とさなきゃ、男として見てもらえないって状況にありましてね……。

主人――すいません。ちょっとこれ……。（とつかまれてることを）

ウエダ――つかみたくなるんだもん、御主人のここ……。丸っこくて可愛らしいから。
主人――いやいや可愛くはないですよ。
ウエダ――決めるの私だから。（さらに強くつかんだ）
主人――痛タタタタ……。
ウエダ――いいでしょ？　譲ってもらえるでしょ？
主人――ここは田崎さんの――。
ウエダ――あ、その名前、もはや意味ないから……。ちょっと持ちかえていい？（つかんでた手を、もう片方の手に持ちかえる）
主人――痛い、痛い……！
登志子――ウエダさん、私ちょっと――。
ウエダ――え？
登志子――急に用事を思い出して。
ウエダ――あ、ハイ。

登志子、出てゆく。

ウエダ――（主人に）働いてるよ。奥さん……。いいよね。1があって、2があって、3がある……。

この間に、スイレンが台所から、包丁を持ってきて、ウエダを見据えている。

主人――（それに気づいて）スイレン！

いきなり、スイレンは、ウエダに向かって、包丁を――。
ウエダ、気付いて、避ける。
止めようとした主人に包丁の刃が――。

スイレン――……！
主人――大丈夫。たいしたことはない……。
ウエダ――私か？　私を刺そうとしたのか？
スイレン――……。
主人――すいません、ちがうんです。
ウエダ――ちがうんですって……。わけのわからないこと言うなよ。
スイレン――お父さん……。
主人――大丈夫。大丈夫。
ウエダ――（スイレンをつかみ）嫌いじゃないんだよ。刃物を持つ女……。ゴミのくせしてな。

スイレン――ゴミですか、私は。

ウエダ――（半笑いで）ちがいます？

スイレン――（同じく）そうかもしれませんね。

ウエダ――フフフ……。

スイレン――じゃあ、私の両親は、ゴミを生んだということになりますね。

ウエダ――うん。でもまあ、世の中にはゴミも必要だってことだよ。

スイレン――その場合のゴミの役目は何ですか。

ウエダ――だから、魚だってキレイすぎる水だけじゃ生きられないってことだ……。（主人に）やめとけ、やめとけ。オレをどうこうしたって、何にもならんぞ。

主人は、ウエダを後方から、物でなぐろうとしていたのだ。

主人――……。

ウエダ――あとは、女将と話を進めるから。いいだろ？

ウエダ、去ってゆく。

主人――ゴミじゃないよ。ゴミなわけないじゃないか。

スイレン――お父さん……。私は自分の中に、どんな感情があるのかわかりません……。いいえ、それを感情と呼んでいいのかどうかさえ……。だから聞くんです。私は、私にはどんな役目があるのか。私は生きている価値があるのか……。時々、私がいなくなった世界のことを思います……。私がいなくなって……、いなくなれば、みんながしあわせになっているような気がする……。私がいないことで、みんながしあわせになっているような気がするんです……。こんなしあわせな世界があったんだって、みんな、そんな表情で、イキイキと、笑い合って、暮らしてる……。だから私の役目は……。

主人――何を言ってるんだ……。スイレンがいなくなったりしたら、私は悲しいよ！　私だけじゃない。いっぱいいるよ。悲しむ人が！

スイレン――いいえ、もし悲しむ人がいたら、私は、その人に言うでしょう。「さあ、終わったわ。これからは空は青く、光に満ちあふれた世界のはじまりよ」って。フフフ。

主人――何てことを言うんだスイレン。まだ若いんだ。これからいっぱい、いっぱい、いいことがあるさ。あるに決まってるじゃないか！

スイレン――（急に頭をかかえ）……殺そうとした……。私は、あの人を殺そうとした……。なのに、心のどこをさがしても、悪いという感情がない……。（主人のキズに気づいて）え？　私は、お父さんを殺そうとした？

主人——ちがうよ、これは。私が止めに入ったから！

スイレン——……。

主人——何でもないんだ。ホラ、こうやってタオルを一枚巻いただけで、私は大丈夫だ。

スイレン——……（主人の顔を見つめて）

主人——ん？　どうした？

スイレン——私を救おうとしてる？

主人——スイレン……！

スイレン——それはきっと、まちがったことよ……。

聞こえてくる、拡声器を持ったアジ演説。

二人、音から、身を引くような……。

11

町はずれと言っておこう。
荒野を感じさせる。
そこにいるのは、サクラ、キキ、モリオカ、トモ。それぞれに立ち尽くしている。

サクラ――これ。

とバイオリンケースをトモに渡す。

トモ――（少し笑って）重いや……。
キキ――……。
サクラ――（あたりの空気を感じ）異常気象だ異常気象だっていうわりには、夏がちゃんと来るわ。
トモ――……蒸し暑いスね……。
サクラ――クルーザー、乗りたかったなあ……。いやホラ、ヤエシマさんてお客さんがいてね。クルーザーで宴会をって話があったのよ……。でも今、留置場だから……。

トモ――そりゃクルーザーどころじゃねえや。
サクラ――そういうこと……（地面を見て）こんなところにタバコの吸いガラが……。誰かがタバコを吸ったってことね……。フフフ。どうしてだろう。土の中に埋めたくなる……。
トモ――美観を損ねるって言うんでしょ？　そういうの。
サクラ――美観？　こんなところで？　そりゃないでしょう。
トモ――……。
サクラ――何年かたって、ここに家を建てるために、土が掘り返される……。この吸いガラが出てくるの……。ニッカポッカはいた作業員がこれを見つけるのよ……。ちょうど自分もタバコを吸いたい時だったから。昔、ここでタバコ吸った奴がいたってことに……。何て言えばいいんだろう……。うーん、何て言えばいいんだろうな……。そうね、ちょっと感傷的になるの……。昔、ここでタバコを吸った人のことを思って！　（モリオカに）え？何か言った？
モリオカ――ウエダさんと話をさせてくれませんか？
サクラ――……。
モリオカ――わかってもらえると思うんです。話し合えば。
サクラ――忙しいのよ、あの人。
モリオカ――忙しいのはわかってます。オレが政治に期待はしないって言ったことをウエダさんは、ちがう風に解釈してらっしゃると思うんです。だから話し合えば——。

トモ——（タバコを差し出して）これ、モリオカさんにいただいたものですけど……。

モリオカ——（受け取らず）……。

サクラ——（トモに）なあに？　タバコで思い出したの？

トモ——いや、そういうわけじゃないんスけど……。これ、外国のタバコなんスよ。

サクラ——フフフ……。ていうか、もう時間がないわ。

トモ——（サクラの視線を受けて）ハイ……。

トモ、バイオリンケースをあけようとして、

トモ——オレ……モリオカさんに、いろいろ教えてもらいましたよ……。だって今オレがあるのは、モリオカさんのおかげですから。

サクラ——（モリオカに）何か、言い残すことは？

モリオカ——……。

サクラ——（キキに）あなたからタバコをすすめるのはどう？

キキ——（動かない）……。

バイオリンケースの中から、取り出されたマシンガン。

トモ――キキ、タバコ！　すすめろよ！
キキ――……。
トモ――おまえが黙ってると、モリオカさんだって、辛いじゃないか！
キキ――（それでも黙っている）……。
モリオカ――（トモに）言ってみろ。オレがおまえに何を教えたのか。言ってみろー!!
トモ――全部だよ!!　全部、あんたが教えてくれたんだよ!!　生きること！　強く生きること！　正しく生きること！　新しい世界をみること！
サクラ――ハハハハハ。
トモ――フランス語だって教えてくれたろ！（習ったフランス語を言う）

サクラ、トモの手からマシンガンを取り、それをキキに渡す。

サクラ――（トモに）もう……どうしてぇ？　強く生きる？　正しく生きる？　そんなこと、決まってるじゃない。
モリオカ――キキ……！

いきなり、モリオカに向けてマシンガンを撃つキキ。

サクラ――！

トモ――！

キキ――（連射しながら）母さん……！

死に絶えたモリオカ。（物陰で見えない）

キキ――……。

トモ――……。

サクラ――（腕時計を見て）いけない……。ホントにもう、こんな時間。

トモ――キキ……。

サクラ――（トモに）行くわよ。

サクラとトモ、去る。

キキは、マシンガンをバイオリンケースにしまい、モリオカを見て、タバコを取り出し、それに火をつけ、吸う。

キキ――……。

モリオカの死体に近づいてゆくと、キキの姿も見えなくなる。
遮られた日射し。（夕陽？）
雨が降ってきた――。
キキが消えた物陰から、あたかもキキとモリオカを見ていたかのように太一があらわれる。

太一――……。

別の場所から、太一を見ながらスズが――。

太一――（スズに気付いて）――。
スズ――気付いてる？　雨が降っているのよ。
太一――（雨を見て）
スズ――皮肉。こんな日に雨が降るなんて。
太一――え、どうしてこんなところに？
スズ――お別れを言わなくちゃと思ったのよ。

太一——……。
スズ——ホントよ。だからあなたを探していたの。あなたにお別れを言う、そして別荘に行くあの人を見送る……。今日のこれからの私のスケジュールよ。
太一——……。
スズ——思い出してくれる？　私のこと。
太一——思い出すでしょうね、時々。
スズ——嬉しいわ。
太一——別荘に行く……。（つぶやく）
スズ——え？
太一——何でもないことだと思おうとすればするほど、いやそうじゃない。そうやって誰かが何かとんでもないことを始めようとしているんだって思えてくる……。
スズ——……。
太一——ここに立っていたあなたが、いつの間にかあそこに立っているってことは……！　そしていつの間にか、オレの前からいなくなってるってことは……！
スズ——太一くん……。
太一——そう呼んでくれたあなたがいたってだけのことか！
スズ——……。

太一――オレは、イヤな奴ではありませんでしたか？

スズ――え？

太一――あなたがおやじから離れていこうとしている……。これだってオレは、何でもないことだと思うとしているんだ……。

スズ――ええ、何でもないことよ……。何でもないことだわ……。私はね、時計の音を聞くの……。秒針が時を刻む。何でもない。何でもないって……。お前ごときが何か出来るわけないじゃないかって……。

太一――（少し笑って）おまえごとき……？

スズ――そう！　枯淡館で働いていたこと……。私がそんな女だったこと……。何でもない、何でもない……。おまえごときが……！　フフフ……それがあの人の教えでもあったしね……。でも私は完璧ではなかったってことよ。完璧なおまえごときでは……。

太一――どういうこと？

スズ――私は許すことが出来ない。私がスイレンに対してやったこと……スイレンがお金を盗んだように仕向けたことを……。でもスイレンは許した……。この私を！　私はおびえてるのよ！　許されることに！　許されるべきことじゃないから！　でも、それはあの人が企んだこと……。あなたのお父様が。

太一――何のために？

スズ――私が完璧でないことを確認するためによ。
太一――……。
スズ――あなたのことを話していい？　誰かに。
太一――オレのことを？
スズ――ええ。私は嘘をつくかもしれない……。話すとき、私の息子だって……。（額の雨をぬぐってあげようとして）濡れてる……。
太一――大丈夫ですよ。
スズ――フフフ……。イヤな奴……。納得してくれるかな、私の話を聞く人は。
太一――見送る？　別荘に行くのを？
スズ――ええ。明け方、出発するらしいわ。
太一――スズさん……。
スズ――え？
太一――教えて下さい。オレはまちがってますか？　おやじの会社で働こうかって気になってます。
スズ――え、でも今は……。
太一――ええ、工場閉鎖になりそうだってことはわかってます。そして、そのことをおやじに伝えたい。だから、見送りにはオレが行きますよ。

スズ――……。

太一――なるほど。おやじは企んだのかもしれない……。自分を敵とみなすように……。結局オレも敵を必要としてたってことですよ。

スズ――……。

太一――そんな目で見ないで下さい。いやこれはいつかオレがあなたに言った言葉……。フフフ。このこともついでに話して下さいよ。その誰かに。オレも思い出すようにします……。あなたにそんな目で見られたことを。

スズ――……。

太一――今、わかる……。自分が何を守ろうとしていたかってことが。そう、何かが始まってしまうことにおびえてたんだ……。

スズ――……。

太一――何でもない、何でもない……。ハハハ。何の呪文だ！（スズに）え？　オレはまちがってますか？

スズ――……。

太一――見送り、オレに任せてくれますね。

スズ――今、母親ならばどう言うんだろうって考えていたわ……。でも思いつかない……。誰かに話さなきゃならないのに……。

太一、走り去ろうとする。

スズ――太一くん！

太一――（振り向く）

スズ――……。

太一――え？

スズ――何でもない……。

太一――え？　それは呪文？

スズ――（少し考えて）そうね……。呪文よ。

太一、走り去る。

スズ――……（腕の歯形を見る）

その場所は、やがて《ジュリエット通り》に変容してゆく。

12

雨は降り続いている……。
やってきた太一、田崎家に入ってゆく。
ほどなく、通りに出てくる。
家の中に誰もいなかったようなのだ。

太一――……あれ……あれ……？（もう出かけてしまったか？）

枯淡館を見て、そこに入ってゆく。
あとずさりに戻ってくる太一。
つづいて出てきたのは田崎。

田崎――……。

太一――（ちょっとたじろいで）いや、見送りに……。

田崎――見送り……何の？

太一——別荘に行くって……。
田崎——ああ……。
太一——スズさんに会った……。
田崎——おまえ、傘は？
太一——ああ、大丈夫だよ。

そのまま、田崎家の方に行こうとする田崎。

太一——どこに行くんだよ。
田崎——家に帰るんだよ。
太一——……。
田崎——フフフ……おかしいか？
太一——いや……。
田崎——何のためにって顔をしてるぞ。
太一——……別荘には？
田崎——これからだ。
太一——これから？

田崎――（家に入ろうとする）
太一――おやじ！
田崎――（振り返り）……何だ？
太一――ホントに行くのか？
田崎――何だよ。見送りに来たって言ってるくせに。
太一――行くならばだよ！　スズさんが行くって言った、見送りに！　だったらオレが行くって言って、オレは来たんだよ。
田崎――ごくろうなこった。
太一――何だよ。それ、憎まれ口かよ。
田崎――（笑ったような）……。
太一――おやじ。
田崎――え？
太一――オレ、働くことにしたよ。あんたの会社で。
田崎――え？
太一――……。
田崎――今ごろ何言ってんだ……。もう工場の半分は閉鎖されてるんだぞ。
太一――ああ。

田崎——閉鎖された工場は、今に、鉄工所に変わってゆく……。
太一——何でもないよ……そんなこと。時計の音にすぎない……。
田崎——この家も、じきになくなる……それも、時計の音か？　時計の音にすぎないことか⁉
太一——だろ？　あんたはそれがわかってるから、ここに家を建てた。そして、オレを呼び寄せたんだ！
田崎——私はおまえを一本立ちさせたかっただけだ。
太一——出来たよ。おかげさまで！
田崎——気でも狂ったか⁉
太一——ハハハハ。ああ、オレは、あんたの息子でも何でもない。ただの貧乏な若い男さ。

雨は降り続く。

太一——オレは、あんたとカレーを食べたことを忘れない……。あんたが福神漬けをカレーの脇にのっけてたことも……。ホントは嬉しかったんだってことも言っておくよ。
田崎——あんなカレーをな。
太一——あんなカレーにな、だよ。
田崎——カレーを、だろ。

太一　――カレーに！

田崎　――忘れないって言うんだから、カレーをだろ！

太一　――……そうか……。

田崎　――勉強しろ、国語を。

太一　――……。

田崎　――を、なんだよ。忘れないって言う場合は！　カレーを！

太一　――（泣きそうで）ああ……勉強するよ……。

田崎　――目的を表わす助動詞にはな――。

太一　――わかったよ！

田崎　――……。

太一　――（気持ちを変えるかのように）わかった。わかった。わかった。わかった……。（と歩き回る）

田崎　――（その太一を見ている）……。

それが田崎昭一郎にとって、幼かった太一の思い出のすべてなのかもしれない。
ふと気づけば、太一の前から父親の姿が消えている……。
父親を探す太一。枯淡館のバルコニーに、スイレンが――。

太一――（気づいて）……！
スイレン――……。
太一――おやじは？　え？　別荘には⁉
スイレン――待ってるの……。
太一――え？

あれは幻だったのか？　父親の姿と声は。
枯淡館に入って行こうとする太一。
しかし、

太一――（もどって）……閉まってる……！　別荘には⁉

雨はやみ、空が白みはじめている……。

スイレン――もう夜が明ける！
太一――明け方に出発するって聞いた……。
スイレン――ううん、夜のうちよ。

太一——夜のうち……。（田崎家に入って行こうとして、立ちどまり）今、ここで見た……声も聞いた……！

そして、ふと、バルコニーのスイレンを見た……それは、名にし聞くジュリエットの姿？

太一——何を見てる……？

スイレン——これを……。（と差し出す）

それはお金。二百枚ほどの札。

スイレン——返そうと思ったんです。

太一——……。（あれはお金か？）

スイレン——盗んだお金です。私が盗んだ……。

太一——返す？　誰に？

スイレン——あなたのお父様に。返して下さったから、私の代わりに。

太一——何を言ってるんだ……。

スイレン——返せば終わります。私はスイレンではなくなります。

太一――あんたは盗んでない！ 盗んだのは――。

スイレン――いいえ、私です。ああ、もう空がこんなに……！

スイレン、バルコニーから中へ。

太一、中に入ろうとして、入れないので通りに出て、バルコニーを見上げ、塀をよじのぼり、バルコニーへ。

太一――（バルコニーから、中に入るスイレンを見て）……どうしたんだ、そんなお金。

スイレンの声――……。

太一――え？ スイレンではなくなる？

太一、中のスイレンの方へ。

あとずさりながらバルコニーに出てくるスイレン。

スイレン――ええ。あの人がそう呼んで下さったスイレンという名前は、これ（お金）でなくなるんです。

太一――はじめっから、お金なんか盗んでないんだ……それはわかるだろ？（出てくる）

スイレン――……。
太一――雨の日に。金庫室からお金を取り出しそこに傘を置いてきたのは、あんたじゃない！
スズさんだ！
スイレン――いいえ、スイレンです！　だから私はスイレンのためにお金を返すんです！……私はスイレンではなくなるんです……。
太一――そのためにまたお金を盗んだのか？
スイレン――……。
太一――そのためにまた、お金を盗んだというのか!?

ふいに何か聞こえたような気がして、通りを見るスイレン。

スイレン――！
太一――え？
スイレン――流浪館からの迎えが……。
太一――流浪館？
スイレン――いいえ、ちがうわ。だって、誰の姿も見えない……。
太一――なるほど、そういうことか……。

スイレンの手からお金を取ると、バルコニーから通りへおりていこうとする太一。

スイレン――え⁉

太一――（止まって）……。

スイレン――どこへ⁉

太一――……おやじは、別荘を死ぬ場所と決めていたのか？　そしてそこに、あんたを連れていこうと。

スイレン――……。

もう一度、バルコニーに戻る太一。

太一――え？　この金を返せばスイレンではなくなる？　なのに、流浪館からの迎えが⁉　どういうことだ！

スイレン――……。

太一――オレは、二人とも死んでしまうと思った……。（スイレンの手をとって）生きているんだろう？　キミは。

スイレン――……。

太一――（手を離し）……行ったのか？　キミも、別荘に……（金を見て）この金は……何だ……！　バカげてる！　オレは今、この金で、流浪館に……！　行って話を！　話をつけようとした！

スイレン――太一くん……。

太一――……。（スイレンを見る）

スイレン――私を買って。そのお金で。

太一――買う？

スイレン――私には行く場所も、帰る場所もない……。だから今、どこにいるのかもわからない……何がつなぎとめてくれるの？　私を。好きと言われれば嫌いと聞こえる……。大事だと言われれば、ゴミと聞こえる……。嘘に罪はない。私はそう思って生きてきた。

太一――……。

スイレン――見ていたわ。あなたを。あなたがあの家に帰ってゆく……。そして、向こうの離れに明かりが灯る……どうしてだろう。あなたはキズついているんだ。私にはそう思えた……。だから明かりが灯る時、何かその明かりがあなたにいじわるをしているような気がした……。あなたのことをよーく見ようって誰かがその明かりを灯したのよ……。

太一――なぜ今そんな話をする？

スイレン――……。

太一――別荘にいるんだろう？　今。
スイレン――いいえ。ここにいる……。そうでしょう？　私はそのことをあなたに教えて欲しい……
私はここにいるでしょう？　あ！

また何か聞こえたような気がして、スイレンは通りの方を見た。が、太一は動かず、

スイレン――（照れたように）まちがいだったわ……。

そのスイレンをじっと見ていた太一。

太一――ああ。ここにいるよ……。このお金が、その証拠だ。だって、これはキミが持っていた……今オレの手にあるのは、キミに渡されたお金だ……キミを買うための……キミはスイレンのままだ……。

スイレンは、腕を見て、それを太一に差し出す。

太一――え？

スイレン　――噛んで……。

この時、通りの向こうから、二人の男。
ウエダとトモが歩いてきて、田崎家の前でいったん立ち止り、中に入ってゆく。

太一　――！

二人を追おうとしてバルコニーに手をかけた時、持っていたお金を落としてしまう。

太一　――あっ！

舞い散る札。バルコニーからおりてくる太一。田崎家の方に行こうとしてふと、バルコニーを見上げる。
と、すでにスイレンはいない。

太一　――……！

落ちた札を見ようとして地面を見る。

太一——（散った札を見て）蟻だ……。

田崎が来る。

田崎——何してる？

太一——蟻が這ってる……。

いつしかそこは何もない空間になっている……。

了

●上演記録

ジュリエット通り

Bunkamura25周年記念公演
2014年10月8日（水）〜10月31日（金）
東京／Bunkamuraシアターコクーン
2014年11月20日（木）〜11月22日（土）
大阪／コスモスシアター
2014年11月27日（木）〜11月30日（日）
大阪／シアターBRAVA!

●キャスト

田崎太一……安田章大
スイレン……大政絢
菅野登志子……渡辺真起子
ダリヤ……池津祥子
サクラ……東風万智子
キキ……趣里
モリオカ……裵ジョンミョン
トモ……大鶴佐助
カンナ……井元まほ
ナデシコ……荒井萌
菅野一彦……石住昭彦
ウエダ……石田登星
ボタン……烏丸せつこ
田崎スズ……高岡早紀
田崎昭一郎……風間杜夫

●スタッフ

作・演出　岩松了
美術　池田ともゆき
照明　沢田祐二
音響　井上正弘
衣裳　伊賀大介
ヘアメイク　宮内宏明
振付　U★G
演出助手　大堀光威
舞台監督　幸光順平
舞台監督助手　村上勇作
蕪木久枝
八木智
渡辺健次郎
稲田武士
篠崎彰宏
加藤剛
衣裳進行　元風呂早苗
高木律子
照明操作　渥美友宏
西澤孝
大久保喬史
安倍さやか
音響操作　清水麻理子

ヘアメイク進行　柴崎尚子
美術助手　岩本三玲
衣裳助手　中原幸子
ヴァイオリン指導・録音演奏　桑田佳奈
フランス語翻訳　Jean-Alexis Donati
宣伝広報　ディップス・プラネット
劇場舞台技術　野中昭二
票券　青木元子
制作助手　横山郁美
河本三咲
梶原千晶
プロデューサー　加藤真規
松井珠美
制作　金子紘子
大阪公演主催　サンライズプロモーション大阪
企画・製作／東京公演主催　Bunkamura

あとがき

この戯曲はBunkamura25周年記念公演のために書き下ろしたものです。出来上がったものとはちょっと様子がちがいますが、娼婦館と普通の家庭が向かい合った状況にある〝ジュリエット通り〟という発想は、もう十年ほど前に考えて企画を提出したことがありました。確かその時は、舞台が外国で、家族は移民であるというシチュエーションだった。実現はしなかったその企画がこうして華々しいキャストを迎えて今実現することにはやはり感慨深いものがあります。

家庭というものは妙なもので、一組の男女の性的な関係からはじまったものでありながら、それを隠蔽する形で〝善き家庭〟への道を歩いていきます。よくある光景としては、家族でテレビドラマを観ていたら、画面でキスシーン、あるいはベッドシーンが始まり、家族全員が「……」という状態になった、そしてお母さんが片付けものを始め「チャンネルかえなさい」と言った、という状況。これは言ってみれば、家庭のはじまりに関するものを直視してはならない、という現実。

その家庭というものと性的な関係を売り物にする娼婦館を向かい合わせたかったというのが、この『ジュリエット通り』のそもそもの発想です。あの『ロミオとジュリエット』が、いがみあう両家の間に生まれた若者同士の恋物語だとすると、この『ジュリエット通り』は、相容れない〝性への意識〟の間に生まれる若者同士の苦闘の物語であると言えるでしょう。そしてその苦闘が恋物語のはじまりであるとしたら！

彩るのは、死とお金。

操るのは、戦争。

そして、

蔓延るのは、退廃。

私にぬぐいきれずあるひとつの思い、それは、社会で言われる〝善なる行い〟は、必ずや〝悪なる行い〟を導きだす、という思い。善という時すでに悪の規定があり善が悪を排斥しようとすることによって善であろうとするならば、善はすでに争いの準備をしているに他ならない。つまりは善であろうとすることが争いを引き起こしてしまうのだ。だから〝善き家庭〟を保持しようとすること、その思いが強くなればなるほど、悪は排斥しなければ！の思いは強くなるだろう。この過激思想は、「大事なのは親子の絆だ」とか「家族に対する愛がなくてどうする」などといった衣を纏うから、よもや善の外側で悪を働く準備をしているとは誰も知覚できない。

いざ争いになった時、この善と悪のスパイラルの中で育まれてしまうもの、それが〝退廃〟というものではないのか？　この世のわからなさへのリアクションとして、退廃的であるということは、実にまっとうなリアクションであるように思う。

退廃は、貧乏人には訪れにくい。金が欲しいという現実的な欲求、稼がなければという目的があるから、生活が確かな矢印をもつのだ。ところが、その目的を切実には持たない、いわゆる富裕層は、善悪のわからなさに直面する場所に立たされている。貧乏人から見れば、何が可笑しいのかわからないところで笑うし、そこ大事だろうということにさしたるこだわりを見せなかったりする。

「なに？　なんなのあなたたちは？」

異物でも見るように貧乏人は富裕層を見る。いや、善き人たちは退廃を見る。

それは、ちょっとアレに似ている、と思う。このごろその表現をあまり聞かなくなったけど〝箸が転がっても可笑しい〟という思春期の女の子たちの騒がしさを、大人たちが見ている目だ。「な、な、なにが可笑しいの？」

その女の子たちは、もしや退廃の入り口に立っているのでは？　自覚はできなくとも、そうやって彼女たちは、この世のわからなさにリアクションしているのではないのか？

そんなことを考えながら書いた『ジュリエット通り』、こうして出版できるのは、いつも見守ってくださっているポット出版の沢辺均氏のおかげです。

そして、出版のための原稿を待ち、奔走してくださる那須ゆかりさん、大田洋輔さん、ありがとうございます！

また、この本をお買い上げくださった皆様、ありがとうございます！

二〇一四年九月

岩松　了

岩松　了（いわまつ・りょう）
劇作家、演出家、俳優。1952年長崎県生まれ。
自由劇場、東京乾電池を経て「竹中直人の会」「タ・マニネ公演」等、
様々なプロデュース公演で活動する。
1989年『蒲団と達磨』で岸田國士戯曲賞、1994年『こわれゆく男』『鳩を飼う姉妹』で紀伊國屋演劇賞個人賞、
1998年『テレビ・デイズ』で読売文学賞、
映画『東京日和』で日本アカデミー賞優秀脚本賞を受賞。

著作一覧

蒲団と達磨（白水社、1989・6）
お茶と説教（而立書房、1989・7）
台所の灯（而立書房、1989・7）
恋愛御法度（而立書房、1989・7）
隣りの男（而立書房、1992・8）
アイスクリームマン（而立書房、1994・4）
市ヶ尾の坂（而立書房、1994・7）
スターマン・お父さんのお父さん（ペヨトル工房〈シリーズ戯曲新世紀5〉、1995・7）
月光のつゝしみ（而立書房、1996・5）
恋する妊婦（而立書房、1996・7）
映画日和（共著、マガジンハウス、1997・10）
恋のためらい（共著、ベネッセコーポレーション、1997・12）
テレビ・デイズ（小学館、1998・4）
傘とサンダル（ポット出版、1998・7）
五番寺の滝（ベネッセコーポレーション、1998・11）
鳩を飼う姉妹（而立書房、1999・6）
赤い階段の家（而立書房、1999・7）
食卓で会いましょう（ポット出版、1999・10）
水の戯れ（ポット出版、2000・5）
蒲団と達磨（〈リキエスタ〉の会、2001・11）
私立探偵濱マイクシナリオ・上下（エンターブレイン、2003・1）
夏ホテル（ポット出版、2003・9）
シブヤから遠く離れて（ポット出版、2004・3）
「三人姉妹」を追放されしトゥーゼンバフの物語（ポット出版、2006・5）
マテリアル・ママ（ポット出版、2006・5）
シェイクスピア・ソナタ（ポット出版、2008・12）
船上のピクニック（ポット出版、2009・3）
溜息に似た言葉（ポット出版、2009・9）
マレーヒルの幻影（ポット出版、2009・12）
シダの群れ（ポット出版、2010・9）
アイドル、かくの如し（ポット出版、2012・1）
シダの群れ　純情巡礼編（ポット出版、2012・5）
シダの群れ　港の女歌手編（ポット出版、2013・11）

主な作・演出（監督）作品

舞台●『蒲団と達磨』（第33回岸田國士戯曲賞受賞）、『こわれゆく男』『鳩を飼う姉妹』（上記2作で、第28回紀伊國屋演劇賞個人賞受賞）、『月光のつゝしみ』、『テレビ・デイズ』（第49回読売文学賞受賞）、『水の戯れ』、『かもめ』（演出）、『隠れる女』、『夏ホテル』（パルコ劇場／シアターナインス5周年記念公演）、『嵐が丘』、『「三人姉妹」を追放されしトゥーゼンバフの物語』、『西へゆく女』、『ワニを素手でつかまえる方法』（パルコ劇場）、『シブヤから遠く離れて』（作）、『隣りの男』、『欲望という名の電車』（演出）、『シェイクスピア・ソナタ』、『死ぬまでの短い時間』、『恋する妊婦』、『羊と兵隊』、『箱の中の女』、『マレーヒルの幻影』、『シダの群れ』、『国民傘』、『カスケード～やがて時がくれば～』、『アイドル、かくの如し』、『シダの群れ　純情巡礼編』、『不道徳教室』『シダの群れ　港の女歌手編』など。

TV●「恋のためらい」（TBS／脚本）、「日曜日は終わらない」（NHK／脚本、カンヌ国際映画祭ある視点出品）、「私立探偵濱マイク～私生活～」（NTV／脚本）、「そして明日から」（北海道テレビ／脚本、日本民間放送連盟賞優秀賞受賞）、「社長を出せ」（NTV／脚本、日本民間放送連盟賞優秀賞受賞）、「時効警察」（EX／3話脚本・監督、7話脚本）など。

映画●「バカヤロー2～幸せになりたい」（監督）、「お墓と離婚」（監督）、「東京日和」（脚本、第21回日本アカデミー賞脚本賞受賞）、「たみおのしあわせ」（脚本・監督）。

主な出演作

舞台●『かもめ』（翻訳・演出：岩松了）、『サッドソング・フォー・アグリードーター』（作・演出：宮藤官九郎）、『マテリアル・ママ』『アジアの女』（作・演出：長塚圭史）、『シェイクスピア・ソナタ』『羊と兵隊』（作・演出：岩松了）など

TV●「世界わが心の旅～'99ロシア篇～」（NHK）、「小さな駅で降りる」（TX）、「タスクフォース」（TBS）、「演技者～いい感じで電気が消える家～」（CX）、「時効警察」シリーズ（EX）、「風のハルカ」（NHKテレビ小説）、「のだめカンタービレ」（CX）、「あしたの、喜多善男」（CX）、「官僚たちの夏」（TBS）、「天地人」（NHK）、「熱海の捜査官」（ANB）、「外交官・黒田康作」（CX）、「理由」（TBS）、「変身インタビュアーの憂鬱」（TBS）「ロング・グッドバイ」（NHK）「花子とアン」（NHK）など。

映画●「無能の人」（監督：竹中直人）、「GONIN」（監督：石井隆）、「犬、走る」（監督：崔洋一）、「木更津キャッツアイ～日本シリーズ～」（監督：金子文紀）、「キューティハニー」（監督：庵野秀明）、「死に花」（監督：犬童一心）、「真夜中の弥次さん喜多さん」（監督：宮藤官九郎）、「亀は意外と速く泳ぐ」（監督：三木聡）、「となり町戦争」（監督：渡辺謙作）、「無花果の顔」（監督：桃井かおり）、「図鑑に載ってない虫」「転々」（監督：三木聡）、「ディア・ドクター」（監督：西川美和）、「空気人形」（監督：是枝裕和）、「ボーイズ・オン・ザ・ラン」（監督：三浦大輔）、「恋の罪」（監督：園子温）、「悪の教典」（監督：三池崇史）、「中学生円山」（監督：宮藤官九郎）、「謝罪の王様」（監督：水田伸生）、「ペコロスの母に会いに行く」（監督：森崎東）、「俺俺」（監督：三木聡）、「THE NEXT GENERATION パトレイバー エピソード2 98式再起動せよ」（監督：押井守）、「バンクーバーの朝日」（監督：石井裕也）など。

書名 ——— ジュリエット通り
著者 ——— 岩松　了
編集 ——— 大田洋輔、那須ゆかり
デザイン ——— 山田信也
協力 ——— Bunkamura シアターコクーン
発行 ——— 2014年10月20日［第一版第一刷］
希望小売価格 – 2,000円+税
発行所 ——— ポット出版
150-0001 東京都渋谷区神宮前2-33-18#303
電話　03-3478-1774　ファックス　03-3402-5558
ウェブサイト　http://www.pot.co.jp/
電子メールアドレス　books@pot.co.jp
郵便振替口座　00110-7-21168　ポット出版
印刷・製本 —— シナノ印刷株式会社
ISBN978-4-7808-0211-5　C0093　©IWAMATSU Ryo

Juliet Street
by IWAMATSU Ryo
Editor: OTA Yosuke, NASU Yukari
Designer: YAMADA Shinya

First published in
Tokyo Japan, October 20, 2014
by Pot Pub. Co. Ltd

#303 2-33-18 Jingumae Shibuya-ku
Tokyo, 150-0001 JAPAN
E-Mail: books@pot.co.jp
http://www.pot.co.jp/
Postal transfer: 00110-7-21168
ISBN978-4-7808-0211-5 C0093

【書誌情報】
書籍DB●刊行情報
1 データ区分——1
2 ISBN——978-4-7808-0211-5
3 分類コード——0093
4 書名——ジュリエット通り
5 書名ヨミ——ジュリエットドオリ
13 著者名1——岩松　了
14 種類1——著
15 著者名1読み——イワマツ　リョウ
22 出版年月——201410
23 書店発売日——20141020
24 判型——4-6
25 ページ数——224
27 本体価格——2000
33 出版者——ポット出版
39 取引コード——3795

本文●ラフクリーム琥珀N　四六判・Y・71.5kg（0.130）／スミ（マットインク）　見返し●タント S2・四六判・Y・100kg
表紙●Mr.B ホワイト・四六判・Y・90kg ／ TOYO 10064
カバー●Mr.B ホワイト・四六判・Y・110kg ／スリーエイトブラック+TOYO 10064 ／グロスニス挽き
帯●Mr.B ホワイト・四六判・Y・110kg ／スリーエイトブラック+TOYO 10064 ／グロスニス挽き
はなぎれ●19番（伊藤信男商店見本帳）　スピン●55番（伊藤信男商店見本帳）
使用書体●凸版文久明朝　游ゴシック体　游明朝体　中ゴ　Frutiger　ITC Garamond
2014-0101-4.0